クレア
ルナリア
ベアトリス

ユーリ
レザ
ヴェラ

CONTENTS

はにとらっ！1

召喚勇者をハメるハニートラップ包囲網

けてる

BRAVENOVEL
ブレイブ文庫

プロローグ　ハッピーエンドの締まらないオチ

荒涼とした、広大な砂漠のど真ん中だ。

真昼の砂漠だというのに、空は真夜中よりなお暗い。星一つ瞬かない、塗り潰したような黒。

眼下の砂丘にはクレーターのような穴が開き、そこから不快な虹色に輝く触手が、蟻地獄のように這い出している。


「おおーっ、すげー！　この世の終わりみたいな光景だなっ！」

それを、はしゃいで見物するバカが一人。

異世界転移で勇者なんぞやっている青年、ユーリは、いかにもラスボス戦な光景に大興奮な様子だった。


「余が保証する。貴様は頭がおかしい。あれは正真正銘、本物の邪神だぞ」

「同意だわ。ユーリ、貴方イカレてるわよ。いい？　これは本物の、この世界の終わり。止められるのは、私たち四人だけ。状況、理解してる？」

両隣に立つ、威厳のある男と、白銀の髪の美女が、揃って呆れたように言う。

『四人目』は彼らの足下から声を上げた。

「わしも、ユーリの真似は出来んわい……これは、この世の終わりじゃ……」

唸るような、地響きのような声。

ユーリ達が立っているのは、全長一〇〇メートルはある巨大なドラゴンの、頭の上である。

そしてそのドラゴンも、黙示録のような光景を前にして、声を震わせているのだった。

「まー、ラスボス戦だからねえ。世界のひとつも救わなきゃ、エンディングには不足だろうさ」

コキコキ首を鳴らし、指を伸ばしてストレッチ。

ユーリには、これも一つの『イベント』なのだ。念願の異世界転移を果たして、矢継ぎ早にこなしてきたイベントの総決算。

操られていた表ボスを撃破し、味方にして、いざ真のラスボス、邪神との対決である。お膳立てが全て揃った、最終イベント。興奮しない訳がない。

「よっしゃ、準備完了！　いっちょやってやろうぜ、ロックンロール！」

「ろ、ろっくんろーる？　何よそれ？」

バシッと拳をぶつけ、やる気満々のユーリに、銀髪の美女が目を白黒させる。

ユーリは少し頭を悩ませ、

「俺が元いた世界のかけ声だよ。戦闘前に叫んで、やる気を出すんだ。さ、突撃突撃っ！」

「あああ、この阿呆め！　ええい、余も魔王だ、腹を括るわ！」

「戦いが終わったら覚えてなさいよ、この馬鹿！」

「……嗚呼、こんなのでいいんじゃろうか……」

§

「ぶはーっ！　すげえ、生きてる、奇跡！」

真昼の太陽が戻ってきた砂漠の中で、いち早く起き上がったのは、異世界の勇者だった。

砂の中から勢いよく飛び出すと、ぺっぺっと砂を吐き出し、ボロボロの顔には満面の笑み。

「お、覚えてなさいよ、この馬鹿……死ぬかと思ったわ……」

「余も……生きているのが不思議でならぬ……」

「わし、生きてるかどうか、かなりギリギリなんじゃけど……」

残り三人も、ボロボロになりながら、憎まれ口を叩く余裕はある。

何だかんだ、皆、笑っていた。

「勝ったわね」

「勝ったな」

「ああ、勝った」

砂漠の太陽に照りつけられながら、ニヤリと笑う。

「あーあ、しかしこれでお終いかー」

「あら、そう言えばユーリは元の世界に戻るんだっけ？　貴方言ってたわよね、最後の敵を倒したら、光と共に元の世界に戻るのが、セオリーだって」

「余にはよく分からんが、それがお約束だ、などと言っていたな」

ユーリはこくりと頷く。

彼にしてみれば、今まで殆ど、ゲームみたいな「お約束」通りに進行してきた。となれば、最後は切ないお別れで締めるものだろう、と。

「貴方、頭おかしいけど英雄だからね。ちゃんと私が、後世まで語り継いであげるわよ」

「貴様はどうかしているが、最大の功労者だ。余が銅像を建ててやろう」

「お主は頭のネジが外れておるがの、竜族の恩人。きちんと後世に伝えてやるぞい」

「あれ、なんか俺の評価おかしくね？」

最後まで締まらない面子だ。


四人で冒険したのは、たった半年間ほどのこと。ユーリにとっては、馬鹿騒ぎをした半年間だった。

まるで夏休みの終わりのような、少しの寂しさが残るが、ネットもコンビニもない世界で、この先やっていける自信も無い。

さて、そろそろキラキラエフェクトが入って、感動のお別れシーン、と確信していたユーリであるが。

一時間が経ち。

二時間が経ち。

なぜだか、何も、起こらない。

「ちょっとユーリ。いくら私でも、砂漠にずっといるのは、堪えるわよ」

「余も魔王故な、ずっと青空の下にいるのは、その、ちょっと」

「わしはポカポカして気持ちいいから、いいのじゃが……邪神討伐の報告とか、しなくて良いのか？」

ユーリは腕を組んで考えた。

ここまでお約束通りに進んできた展開が、どうも、最後の最後で変わっている。これは、つまり。

「うわ、どうしよ！　これ現地に残るパターンじゃん！」

邪神との決戦を前に鼻歌を歌っていた男が、情けなく頭を抱えて蹲る。

それだけではない。

「やばい、俺いなくなるフラグ立てまくってたのに……どんな顔して戻れば……いや、そうだよ、明日からどうやって生活すればいいんだ……勇者じゃなくなったら、俺、無職じゃん。バイトもしたこと無いのに、無職じゃんか……」

うんうん唸るユーリに、三人はきょとんとして。

命を預けた戦友らしく、肩を叩き、ねぎらいの言葉をかけてやる。ドラゴンですら、爪先で器用に肩を突いていた。

「あら、初めて貴方の思い通りに行かなかったのね。でも、そんなこともあるわよ」

「貴様の予想が外れることも、あるのだな。まあ、仕方あるまいさ」
「ユーリよ、長く生きておれば、そんなこともある。しかし、こんな時は何というのだったかの。ほれ、お主が教えてくれた、異世界の言葉があったじゃろ？　そう、あれは、確か……」

「「「ざまぁ！！！」」」

三人の声が一つになり、大きな大きな笑い声が、砂漠のど真ん中に下品に響く。
この先長く、本当に長く語り継がれることになる、世界救済の物語。その締まらない舞台裏であった。

第一章　救世の勇者（無職）

「そ、そうですか……あの邪神、倒されたんですか……」

「ええ、まあ、四人がかりで何とか」

「でも、四人で何とかなったんですね……」

ユーリが召喚された王城。その謁見の間で、国王が放心状態で宙を見上げている。世界が救われたというのに、国王の心労は尽きないらしい。ユーリにも、なんとなく理由は分かる。

展開が早すぎるのだ。彼だって、召喚されてから半年で事が終わるなんて思ってもみなかった。

「ええと……まず手始めの、不死女王、魔王、竜王を解放されたこと。ええと、その後の拠点攻略に、砦陥落、幹部撃破の恩賞も定まらぬ中、こんな偉業を成し遂げ、この王は言葉もありませぬ」

「あー、まあ、タダ飯頂いてますし、ゆっくりでいいですよ」

「いえいえ、そういうわけには！　か、各国も神殿も、勇者様の恩賞はどうなっているのだと矢のような催促で、はい。王国としましても、速やかに第一陣をお持ちしないと……」

（王様がそんな恐縮しなくてもいいのになー）

そんなことを呑気に思いつつ、ユーリは差し出された茶菓子を摘まむ。

謁見の間はいつの間にやら、豪勢なソファーやらテーブルやらが据え付けられ、高価なお茶菓子と一級品の紅茶、それにメイドさんまでスタンバっていた。

これではどっちが王様か分からない。

「あ、そだ。恩賞と言えば」

「は、はいっ！　何を、何をご所望ですかっ！」

国王がすごい食い気味に聞いてくる。

ユーリはすこし罪悪感を覚えつつ、その『要望』を口にした。

「俺、これから無職じゃないですか。しばらく、その、宿とか用意してくれません？　働き口は、まあ、困ったらあいつらに頼みますし」

無職。

国王は最初、ユーリが何を言っているのか、さっぱり分からなかった。

だがその単語が、ぼやけた頭の中で意味を結ぶと、玉座から転げ落ちそうになった。

「は、働き口を、あの方々に頼まれると……？」

「あはは、困ったら仕事くらい回してやるって言ってましたよ。コネ頼みみたいで、かっこ悪いですけどね」

国王は、邪神出現の報を聞いたときよりも、顔色が悪かった。

『あいつら』。

王の前では丁寧な言葉遣いのユーリが、そう評するのは。

暗黒大陸を統べる、魔王ルキウス。

アンデッドの国ネクロポリスを統べる、不死女王エレミア。

竜族を支配下に収める、竜王アガメムノン。

この三人の誰か、である。

邪神討伐の後、それぞれの居場所に戻っていったという三人だが。

そのうちの「誰か」の下に、勇者が入るようなことがあれば、世界のパワーバランスは大きく崩れるだろう。

「い、いえいえいえ!! ゆ、勇者様には、もちろん！ この王がですな、最高の住居と！ 最高の職を！ ご用意致しますぞ！」

そもそも救世の勇者が『無職』になるという頭が、国王にはなかった。

というか、普通はそうは考えない。

だが、残念なユーリの頭の中では、世界救済も長期のバイトくらいの感覚だったのである。

「おおー。じゃあ、図々しいんですけど、あんまりキツくなくて、楽な仕事とかあると、嬉しいなあ。俺、あんまり仕事できないんですよ」

邪神討伐よりキツい仕事なんか、あるわけないだろ！

国王はそう叫びそうになるのを、必死に堪えるのだった。

「あらユーリ様、どうせ帰れないなら、わたしの旦那様に永久就職とか、どう？」

突然そんなことを言い出すのは、ルナリア王女。国王の娘であり、正真正銘のお姫様である。アッシュブロンドの美しい髪。十人が十人振り返るのは間違いない、美少女フェイス。張りのあるバストは、胸元の開いたドレスも存分に着こなせる。

初対面の時、ユーリは見とれてしまって、怪訝に思われたほど。

「ルナリア……俺、まだ身を固めるような年じゃないんだって」

「えー、いいじゃない。ね、お父様も、それでいいでしょ？」

「お、おお、そうじゃな、もしそうなれば喜ばしい話だとは思うぞ、うん。だがな、そういうのは、勇者様のお気持ちが大切で」

「おまえ、サラッと外堀埋めようとするのな……ほら、国王様困ってるじゃん」

国王には丁寧なユーリも、ルナリアには砕けた対応になる。

それもその筈、このやんごとなき王女様は、随分とアグレッシブで、事あるごとにユーリに絡んでくるのだ。

何だかんだ憎めない性格で、付き合っている内に仲良くなってしまったのだが。

「えー、困らせたのはユーリ様でしょ？　宿を用意してなんて、他人行儀だなぁ……わたしとユーリ様の仲だもの、わたしの部屋に泊まってもいいんだけど？」

そんなことを、ユーリの腕を取りながら囁く。

ぷるんと弾むバストが腕を挟み、幸せいっぱいな柔らかさが伝わってきて、ユーリはドギマギした。顔は耳まで真っ赤になっている。

「そ、そんなこと、年頃の娘さんが言っちゃダメだろ！　も、もう……あ、えと、王様、じゃあ、しばらくいつもの部屋にご厄介になってもいいです？」

「も、もちろん！　いくらでも！　本当に、本当にいくらでもお使いください勇者様！　可能な限り早く、この王が恩賞を用意しますゆえ！」

「あー、良かったあ。じゃ、俺ちょっと休んでますね」


そうしてユーリが去った後。

王の大きなため息が響く謁見の間で、ルナリアが人が変わったように大人びた表情を見せる。

「童貞ね」

あんまりにもあんまりな発言に、国王は再び玉座から落ちそうになった。

「ル、ルナリア！　救世の勇者様だぞっ！」

「もちろん分かってるわ、お父様。でも、お父様もそう思ったでしょ？　あの様子、絶対女慣れはしてないわね。これはワンチャンありか……」

「ルナリア？　一体何を考えて……」

「お父様。ユーリ様に、金も権力も意味が無いわ。この半年、ずっと見ていたけれど、贅沢はしないし、権力もぜんぜん興味なさそう。そんなもので、縛れる相手じゃないのよ」

図星を突かれた国王は、押し黙ってしまう。

「ユーリ様なら、侯爵だって、『そういう仕事』だって捉えるでしょ。結局、腰掛けの仕事としか思われないわ。我が国の他にも、頼れる先は幾らでもあるんだしね。金もダメ、権力もダメ。でも……女はどうかしら。あの性格なら、抱いた女を切り捨てるのは難しいわね。ましてや、子を孕ませたら、絶対無視できなくなる」

実の娘が生々しい男女のことを喋り出すのを、国王は苦々しくも『政治』として受け入れた。王家の血筋に生まれたからには、男女のことも政治と切り離してはいられないのだ。

「前に女の好みも聞き出したし。今夜辺り、勝負をかけるわよ！」

§

ファンタジー世界の夜は早い。

庶民は日が沈んだら眠る、という生活だ。現代っ子のユーリが適応するのは難しい世界である。

幸い、王宮ともなれば魔石を使ったライトが据えられていた。ネットもゲームもないが、本は山ほどあるので、それを読み漁るのがユーリの夜更かし方法である。

だが、その夜には来客があった。

静まり返った夜の宮殿に、コツコツとドアのノック音。

「ユーリ様ー、ちょっといい？」

「ルナリア？　まあ、いいけど」

見知った声だ。何だかんだで、気安い相手。お転婆なお姫様に付き合わされ、二人でカードゲームやら双六やらで遊ぶこともある。

今夜もそんな感じかな、とドアを開けて、ユーリはその場で固まった。

「……そ、それ、何だよ」

「えへっ、ユーリ様、こういうのが好きなんでしょ？」

それは、フリルとレースで飾られた、優雅で派手なメイド服。

短めのスカートを摘まんで、くるりと一回転し、「どう？」と笑う姿は、アイドルのようだ。

「あ、ああ……」

ユーリはルナリアから目が離せないでいた。

言ってしまえば、エセメイド。メイド喫茶とかにいそうな、コスプレ姿である。

しかしエセとは言え、フリフリの改造メイド服を着こなす姿は、文句無く美少女。

胸元が開いた、あざといメイド服が、似合ってしまう。

そして胸の谷間に目が行ってしまうのだ。

男の悲しい性だった。

「ね、入っていい？」

「お、おう」

もうユーリは、「ああ」とか「おお」とかしか言えない状態になっている。そうしてまんまと部屋に潜り込んだルナリアは、こっそり部屋に鍵を掛けた。これでよし。

「前言ってたよね？　メイドさんが好きなんだよなー、って」

「あれ、覚えてたのかよ……」

他愛のない世間話、悪ふざけも込めた話だった。

それを逐一覚えられて、衣裳まで用意されたら、もう穴にでも入りたい気分になる。

「ユーリ様の言ったことなら、大体覚えてるわ。それで、どう？　ユーリ様だけのメイドさんだよ？　ムラムラしちゃったり、しない？」

ごくり、と思わず喉が鳴る。

吸い込まれそうに大きく、宝石のような青い瞳。元の世界なら、どんなアイドルグループでもセンターになれただろう、驚くほど綺麗な顔立ち。

キラキラ輝くアッシュブロンドの髪には、フリフリのカチューシャが乗っかっている。

もちろん彼女は、メイドではない。やんごとなき王族の血筋を引いた、正真正銘のお姫様だ。

それが、勇者の好みを聞き出して、わざわざメイド服を仕立てさせ、押し掛けて来る。

どう見てもハニートラップだった。

勇者とパイプを作ると言うか、パイプを結合させる気満々なのである。

そこまでするか、とユーリは軽く引くのだが、下半身はその逆で。いいじゃん据え膳頂いちゃおうぜ、と節操なく勃起する。

「ね、難しいことは考えないで。一緒に気持ちいいこと、しましょ？」

いつの間にか、息のかかるほど近くまで来ていたルナリアが。

後ろに手を組み、ぐいっとバストを強調するようにして、妖艶に微笑んでいる。綺麗な形をした唇。それが、ゆっくり、どんどん近付いて。

「んむっ……!? むー、むーっ」

唇を、乙女の艶やかなそれが塞いでいる。

至近距離だ。

柔らかい。いい匂いがする。

アイドルも目じゃない、二次元から飛び出して来たような綺麗な顔。

ぷるんと揺れる、豊かなバスト。

わざとらしく胸板に押し付けられたそれは、ブラによって抑えられているとは思えない自由さで、むにゅむにゅと形を変える。

ユーリはもう、許容量オーバーで、目を白黒させることしか出来なかった。ルナリアの睨んだ通り、童貞だったのみならず、これがファーストキスだったのだ。

二人の唇が離れた時、ようやくユーリは理性を取り戻した。

「ル、ルナリア。俺は、その、もし元の世界に帰れるなら、今でも帰りたいって思ってるんだよ」

「んっ……それならそれでいいわ。ねえユーリ様、それならこの世界のことは一夜の夢みたいなものじゃない。だったら少しくらいのアバンチュールは、楽しんでもいいでしょ？ ね？」

再びのキス。

今度は舌も入ってくる、濃厚なもの。

互いの舌を絡み合わせ、唾液を交換しながら、ユーリは少しの違和感を覚えた。

ルナリアから仄かに香る、ワインのような匂い。

「おまえ、酒、飲んできたのか？」

「うん……ナルクっていう特別なお酒。女の子がね、旦那様と結ばれる夜に飲むの。その、初めての時、痛くなくなるんだって」

頬を赤く染めるのは、羞恥かそれとも興奮か。

深いキスを終え、二人はしばらく向き合って、互いに見つめ合っていた。

やがてルナリアが、その微笑みを深めて、メイド服の胸元をはだける。ぽろりとまろび出る、ぷるんとしたおっぱい。

白くて、丸くて、大きくて。完璧な形をしたお胸様。

「ル、ルナリアっ！」

「きゃんっ！」

戻ってきた筈の理性が、遙か遠くに吹き飛んでいく。

ユーリはもう何も考えられず、ルナリアをベッドに押し倒し、目の前のおっぱいを鷲掴みにした。

Eカップはある、立派なおっぱいだ。ルナリアは一六歳、元の世界で言うところのＪＫ相当である。この年頃でこのサイズ、なんとも素晴らしい発育の良さ。流石は王族、いいものを食べて良く育っている。

そのたわわな実りに、両の手を絡みつけ、わきわきと動かして揉みしだく。これでもかと、ぐにぐに、むにむに、弾む柔肉を逃さず揉みまくる。

「ユーリ様ぁっ、あんっ！　おっぱい、気持ちいいっ……！」

童貞男の乱暴な愛撫にも、ルナリアの肢体はよく反応していた。ナルクなる酒は、本当に効き目があるらしい。

ピンク色の綺麗な乳首を口に含んで、コリコリ転がしてやれば、お姫様は面白いくらい感じて、魚のようにベッドを跳ねた。

「こっちも、こっちもしてぇ……」

すっかり瞳にハートマークを浮かべ、トロトロになったメイド少女が、スカートをめくり上げる。

ユーリは思わず目を見張った。レースに縁取られた、純白のランジェリー。その中心には、はっきり、濡れた染みが出来ているではないか。

「わっ、すげえ」

感動の余り、ぷるぷると震える手でショーツを掴み、ゆっくりと引き抜く。

ねっとりと、愛の糸が引いていくのを、その目に焼き付けた。そして、その下にある、お姫様のやんごとなき場所。

つるつるの、一本も毛が生えていない割れ目。男を知らない純潔の地は、綺麗なピンク色をしていた。

「ああ……こんなの、たまんないよ」

砂漠で水を求める旅人のように、美少女の脚のあいだに顔を埋め、桃色の裂け目に口を付ける。

くちゅり。

「あっ、んふっ、んんっ……！」

舌を差し入れれば、蜜が蕩けるような少女の喘ぎ。

たっぷり唾液をまぶした舌で、くちゅくちゅ音を立てながら、処女の柔穴を味わうユーリ。

女の子の内部が、こんなに柔らかくて熱いとは、知らなかった。

夢中になって舌を動かし、内部を解せば、次から次へと、愛の蜜が滴り落ちてくる。少女のお尻がビクビクと跳ねて、切なげに腰が揺れた。

もう、前戯は十分。

童貞のユーリでも、それくらいは分かる。

「ねえ、もういいよ……」

切なげに懇願されて、もう我慢など出来なかった。

「はぁ、はぁ……お前が、お前が悪いんだからな、ルナリア」

「うん……ユーリ様、ルナリアは悪い子よ。お仕置き、して？」

ゾクッとするほど、妖艶に笑うルナリアに、ユーリは猛然とむしゃぶりついた。

硬く勃起したペニスをむき出しに、乙女の大切なところに押し当てて、割れ目と亀頭がキスをする。

狙いを定めるように、何度か裂け目に沿わせて動かすと、後はもう。

「おおっ……！」

ずぶり。

体重をかけ、押し入っていくのは、この国のお姫様の、やんごとなき場所。

本来きつく閉じられている筈の狭隘は、官能を燃やす酒の力で、男のために開かれていく。

それでも、ある程度進むと、少しの抵抗を感じる場所があった。

「あ……」

「ルナリア、行くぞ」

「うん、いいよ、ユーリ様。わたしの初めて、奪って」

ぷつり。

あっけなく、驚くほどあっけなく。ルナリアの処女は、ユーリの手によって散らされた。

「ん〜〜〜っ！」

流石に無痛とは行かないのか、嫋やかな手が背中に回り、かたく抱き付いてくる。だがユーリは、あまりの快楽に止まることも出来ず、そのままズブズブ、少女の奥まで貫いてしまった。

「おほっ、おおっ」

根元までペニスが埋まる。互いの下腹部が、ぴったりと重なり合う。

収まるべき場所に、収まるべきモノがハメられた。不思議な安心感と心地よさ。柔らかなベッドの上で、くっつき合った二人は、神秘的な気分で互いを見つめ合う。

流石のルナリアも、処女喪失の直後だけあって、少し辛そうな表情だった。だがすぐに、あの妖しげな微笑みが戻ってきて。男の背を撫で、甘ったるい声で囁くのだ。

「ん……大丈夫、ちょっと慣れてきたから……動いていいよ、もっと、もっと気持ち良くして？」

どうせ我慢も限界だった。

ユーリは腰を浮かし、嵌まり込んだモノを引き抜いて――そのまま、ずぶりと押し込んだ。

「はあんっ！」

処女を奪われた乙女の上げる、あられもない声。

高貴なヴァギナはこれ以上無いくらいに潤っていて、とても滑りがいい。だが膣内はといえば、キツキツにモノを締め付けてきて、油断すればすぐに達してしまいそう。

それはこの世の天国だ。全ての男たちが夢見て、入りたくなる、気持ちのいい穴。

王家のおま○こを、ぐっぽぐっぽと出たり入ったり、接合部でぱちゅぱちゅ音を立てながら、ユーリはピストン運動に勤しんだ。

ぬめる膣肉を雁首で引っ掻き、掻き分けるたび、可憐な唇からあられもない声が迸る。豪華なベッドはギシギシ軋み、高貴な娘がアンアン喘ぐ、夜の宮殿。

「ルナリア、ああ、ルナリアっ！　気持ちいい、これ、すごく気持ちいいっ！」

「わたしも、わたしも気持ちいいの、ユーリ様ぁっ！　いいよ、わたしの中で、いっぱい気持ち良くなって！」

三擦り半。

それよりはマシだが、それはもう、あっけなく。

「おほっ！　あー、イク、イクっ！」

「あはっ♡」

どぴゅっ、びゅるるるっ。

王女様の蜜穴の奥深く、避妊具も無しにユーリは射精する。まるで蛇口が壊れたような、生殖液の噴出。ドロドロに熱せられた遺伝子のスープが、ルナリアの下腹部に注ぎ込まれていく。

「ああっ……すげえ、気持ちいいっ……！」

「んんっ、んふっ、ユーリ様ぁ……」

のしかかった腰に両脚を巻き付けて、ルナリアは男の吐精を迎え入れた。ドクドク脈打つ陰茎の逞しさ、腹を満たすオスの熱を感じながら。

密着した下腹部は離さずに、一滴も零さないとくわえ込んで、ホールドする。射精は間延びして続き、ペニスはピクピク跳ねながら、浅ましくザーメンを吐き出し続けた。

「はー、はーっ……」

「ふぅ、ふぅ……ふふっ、いっぱい出たわね、ユーリ様♡」

少女の上に崩れ落ち、荒く息を吐くユーリ。本来なら賢者モードがやって来る筈だが、射精

後の彼に映るのは、飛びきりの美少女の蕩け顔。

これほどの美少女がいるだろうか、というくらいの、極上の美貌の持ち主なのだ。その宝石のような瞳をじっと見つめ、自然と唇を重ね、事後のキスを交わす。

繋がり合ったまま、ちゅ、ちゅっと口付けながら、互いのからだをまさぐり合う。優しい後戯が、熱の篭もったものに変わっていくのに、大して時間はかからなかった。

「あはっ、ユーリ様ったら、まだ元気ね♡　おち○ぽカチカチで、わたしの中、跳ね回ってるっ」

もうメイド服は脱いでしまったルナリアは、カチューシャだけを頭にのせ、ユーリの腰に跨がっていた。

上体を弓なりに反らし、くびれた腰つきとなだらかな腹部を見せつけるようにする。

それだけではない。

つるつるのやんごとなき場所、少女の大切なところが、勇者の武器を咥え込むところも、はっきりと見えていた。

そして、それはもう気持ち良さそうに、あんあん喘ぎながら腰を振るのだ。

「あんっ、おっきい、おっきいよぉっ！　わたし、壊れちゃうっ！」

「くうっ、ルナリアの中も、ぬるぬるで、気持ちいいっ！」

ユーリはすっかり骨抜きで、気持ち良く中出しを繰り返していた。もう何度達したか、まるで覚えていない。豪華なベッドの上、異世界よりもファンタジーな時間を過ごしたことは確かだ。

やんごとなき姫君を、シーツの海に四つん這いにさせ、後ろから桃尻を攻めまくったり。

一度ベッドから出ると、支柱に縋り付かせて、立ったままズコバコ犯してみたり。

向かい合った姿勢で座り、いちゃいちゃしながら結合したり。

数時間前まで童貞だった男の夢を、思う存分ぶつけた。これでもかと、思いつく限りの方法で繋がり合った。豪奢を極めた寝室は、二人の体液が飛び散ってひどい有様である。

それで最後に「ルナリアのしたいことを」と言って、返ってきたのが「ユーリ様を気持ち良くしてあげたいな」だ。童貞男のユーリが陥落しても無理はない。

騎乗位で男の腰に跨がったルナリアは、献身的に腰を振った。さっきまで処女だったとは信じられない淫らさで、いやらしくグリグリと腰を回す。

ぷりぷりの思春期おま○こに挟まれ、ユーリのペニスは大喜び。

「ルナリアって、すごくえっちなんだな」

「んっ、ユーリ様のせい、よっ……わたしを、女にしたんだからっ」

「ははっ、えっちで可愛いよ。すごい興奮する……ほらっ」

「きゃんっ♡」

腰に乗っかった桃尻を鷲掴み。下からドスンと突き上げて、美少女の子宮を刺激する。

ルナリアの身体は、どこを触っても、温かくて、柔らかくて、気持ちがいい。調子に乗って何度も突いてやれば、括れたウェストは巧みに揺れて、男がもっと気持ち良くなるよう動いてくれる。

性格の相性も、カラダの相性も抜群だった。

「あー、またイクっ！　膣内に、膣内に出すからっ！」

「あはっ、また来てるっ……！」

どぴゅどぴゅどぴゅどぴゅっ
卑猥な排泄音がして、濃厚なザーメンが少女の中に噴き出した。

男の上に乗ったお姫様は、なだらかな腹部を撫で、うっとりとそれを受け入れる。ひどく淫靡な光景なのに、ユーリには、まるで絵画のように美しい光景に思えた。

§

「……あれ、朝か」

気だるい目覚め。

既に陽は高く昇り、真昼の明るい寝室で、ユーリは目を開いた。胸板にしなだれかかる、柔らかくて温かな、美少女の重みを感じつつ。

「……んふぅ……」

気持ち良さそうに眠るルナリアの、美しい髪を撫でながら、しばらくそうしていて……。

「はっ！！」

一晩遅れの賢者タイムが、ようやくやって来た。

慌ててシーツをめくれば、当たり前のように破瓜の赤い染みが残っている。

というか、全裸の美少女と寝ている時点でお察しだ。

部屋を見渡せば、あちらこちらに脱ぎ捨てられた、二人分の服。カーペットや、ベッドの支柱にまで飛び散った体液。誰がどう見ても、激しい一夜の事後である。

「ルナリア、ルナリアっ！　そろそろ起きないと、メイドが来るって！」

「ん……あら、お早うユーリ様。ごめんなさい、昨日はあんなに激しいんだもの……もう少しだけ、寝させて……」

「あ、はい……」

処女だった相手に、意識がなくなるまでセクロス。まさに鬼畜の所業。

ユーリはそっとルナリアを寝かしつけると、ベッドサイドに腰掛けた。よりによって、王女様に手を出したぞ！　という、やっちまった感が広がる。

とはいえ、今しなければいけないことはただ一つ。

証拠隠滅であった。

この、「昨夜はお楽しみでしたね」な部屋を、一刻も早く掃除しなければ！

邪神を討伐したときすら、ここまでの危機感は無かった。

ユーリは急ぎ服を身に付けると、ヨレヨレの状態で部屋を出ようとする。さりげなくメイドさんに声を掛け、着替えとタオルを用意してもらう。酒盛りでワインを零したと言えば、シーツの染みだってワンチャン……！

「お早う御座います勇者様。昨夜はよくお休みでしたね」

ドアを開いた先には、折り目正しい黒髪のメイドさんがお待ちであった。詰んだ。

「大変申し訳ありませんでした」

「え、え!?　勇者様!?」

それは流れるような土下座であった。

十代の少女と淫行。それも王族。あまつさえ、事後を従業員に見せつけるセクハラ案件。

フカフカの絨毯に額を擦り付けても、大して誠意は伝わるまいが、やれるだけはやってみせる！

「あ、頭を上げてください勇者様っ！　こ、困りますっ！」

メイドさんの名前はクレア。ユーリの専属メイドである。

年は二〇代前半だろうか、黒髪を結い上げて、隙一つ無いクラシカルなメイド服に身を包み、丁寧な仕事をする。

どこか薄幸そうな美人で、万事控えめな彼女は、ユーリにとって安心感のある相手だった。

別の世界からやって来た彼を、事あるごとに心配してくれるのも、助かっている。

「大丈夫です、お部屋は私どもで掃除しておきますので。姫様のお召し物も、用意が御座います。勇者様も、浴場の準備が出来ておりますから、ゆっくりおくつろぎくださいませ」

「う、うん……そ、その、本当に、すんません……」

尚も頭を下げ続けるユーリを、ふわりと、温かなものが包み込む。

彼女に抱きしめられているのだと、気付くのには少し時間が必要だった。

「勇者様……異なる世界からやって来られて、帰る術もなく、さぞ心細いのでしょうね。でも、これだけは信じてください。たとえ誰が敵になっても、私、クレアは、勇者様に、勇者様だけにお仕えするメイドです」

「クレアさん……」

あれ、こんなシリアスなシーンだっけ？

ユーリは内心首を傾げたが、押し付けられるおっぱいの柔らかさに屈してしまった。大人の女性のバストは、ルナリアの瑞々しいおっぱいとは別の、豊潤な良さがあるのだ。


ユーリがさっぱりしようと、浴場に向かった後。

事後感溢れる部屋の掃除に、お付きのメイドを駆り出すと、クレアは一人ため息を吐いた。

「勇者様……なんて、お可哀想に……」

打算半分、好意半分のルナリアと違い、クレアは全身全霊でユーリのことを心配している。

一〇〇％の善意は、加減というものを知らない。

「私が、慰めて差し上げなくては」

古今、弱った男に身を任せ、慰めるのは女の務め。

露出の少ないメイド服を着た彼女だが、その胸やお尻に、ユーリの視線がチラチラ向くのには気付いている。

ユーリが知ったら穴に入りたい気分だろうが、男のチラ見は女のガン見。もっとも忠誠が突き抜けた彼女は、光栄だとしか思っていない。

使命感に浸りながら部屋を片付けるクレアに、ルナリアが冷静な声を掛けた。

「ねえクレア。ユーリ様のことで、少し相談があるのだけれど」

「ルナリア様……？」

後にユーリを雁字搦めにする、ハニートラップ包囲網。

その始まりである。

§

「ふぃー……風呂はいいなー……」

王宮の大浴場。王族を始め、限られた地位の者だけが使える場所を、今はユーリが独占していた。

時間は真っ昼間だが、気分は朝風呂。

石鹸で全身を清め、湯船に浸かれば、心配事が溶け去りそうだ。

が、元気な朝勃ちの方は、なかなか収まってくれなかった。

こうしてリラックスしていると、脳裏に思い浮かぶのは昨夜のこと。夢のような一夜の、官能的な情景だ。

ＡＶなら情景で終わりだが、絡みつくルナリアの指、耳元をくすぐる甘い吐息、若い奥処の甘美な締め付け。その生々しい感覚を、全身が覚えている。忘れられるわけがない。

そうして思い出すたび、一物はむくむく大きくなって、その度に冷水を浴びに行く有様である。

「うう、中学生かよ、もう」

童貞を卒業したら、大人の男にレベルアップすると思い込んでいたが、むしろ逆だ。瞼を閉じれば、思い浮かぶのは女の子のことばかり。

あれだけ彼女を貪ったのに、もう次のセックスを期待している。

と、そんな風に煩悶していたときだった。

「勇者様……お背中を、流しに参りました」

クレアが、バスタオルを巻いただけの姿で入り込んで来たのは。

「ク、ククくっ、クレアっ!?」

ユーリは大慌てで股間を隠した。パニックになって口をパクパクさせる彼のもとへ、クレアがしずしずと歩み寄ってくる。

控えめだった筈のメイドさんは、今、かつてない距離感の縮め方で、ユーリに迫っているのだった。

「おとなり、失礼致します……」

肩がぴとりと触れあう近さ。

勃起を隠そうと必死なユーリだが、それでもチラチラ横を見てしまうのは、男の性というもの。

艶やかな黒髪を結い上げたクレアは、それはもう、息を呑むほど色っぽい。

白いうなじを見ると、反射的に顔を埋めたくなってしまうが、それを鋼の自制心で堪えていた。お湯に浸かったタオルは透け始めて、たわわなバストとピンクの乳首がうっすら見える。

美しく整った顔は赤く染まり、思い詰めたような表情。クレアもまた、ユーリの方をチラチラ見ていたが、やがて意を決して。

「ユーリ、様……」

「うはっ!?」

嫋やかな手が、ユーリの股間にするすると伸びる。

勃起を隠す手を柔らかくほぐし、優しくどけて、陰茎に指が絡みついた。

「こんなになるまで、我慢されて……さぞお辛かったでしょう」

「いや、その、ええと」

今もっと辛いです、とは言いづらい。

正直、危うく湯舟の中で射精しそうだった。しなやかな指による愛撫は、辿々しくて初心なもの。だが童貞だった男には、天使のひと触れに等しかった。

「ああ、勇者様のお大事が、とても硬くなってきました……すごい、まるで焼けた鉄のよう」

「お、おうふっ」

貞淑なメイドは、頬を朱に染めながらも、指の動きを止めない。それどころか、無防備な陰嚢にまで指を伸ばして、一番デリケートなところを優しくマッサージしてくれる。

激しい官能の一夜を過ごした後には、ひどく魅力的な愛撫だ。

黒髪の美女は、背後に回って、愛する勇者を後ろから抱きしめていた。頼りないバスタオル越しに、二人の肉体がぴったりと重なり合う。

まろやかな乳房の柔らかさ。ルナリアのそれより、なお大きな、豊満なおっぱい。ユーリの頭は、瞬く間に幸せな感触でいっぱいになってしまった。

「うぁ、おっぱい、おっきいんだな……」

「うふふ、勇者様は、女性の胸がお好きなんですね？　どうぞ、何なりと好きなようにしていいのですよ？　私の心も体も、勇者様だけのものですから……」

むにむにっと、ふかふかのおっぱいを押し付けられ、背中をマッサージされるに至って。

ユーリの、元々大して強くもない理性は、あっさり千切れてしまった。

「んっ、むちゅっ、勇者様ぁ……！」

「クレア、ああ、クレアっ」

密かに憧れていた、正統派のお淑やかなメイドさん。それが自分からおっぱいを押し付けてきて、据え膳どうぞとアピールしてくるのだ。こんなの相手が悪いに決まってる。

そんな理屈でクレアの唇を奪い、湯舟の中、姿勢を変えて、今度は彼女を抱きすくめる。

突然唇を奪われて、目を白黒させていたクレアも、すぐに情熱的なキスを受け入れた。逆に進んで抱き付いて、自分から舌を差し出してくるほどだ。

互いに舌を突き出して、絡め合う淫靡なキス。

情愛のしるしというよりは、交尾の先触れのような行為。ふぅふぅはぁはぁ、荒い吐息を漏らしながら、夢中になって舌を絡ませ、唾液を交換する。

「えっち、しよう」

「はい……」

「どうしよう。どこか、落ち着ける場所を探そうか？　クレアの部屋とか……」

「いいえ、ここで十分です。ここでなら、痕跡は残りません。私のような端女をお抱きになったことも、何も……だから、何も考えず、憤りをぶつけてくださいませ。お情けを頂いたことは、私が、私だけの秘密に致しますから」

「クレア……」

なんて健気な女性だろう。

その優しさに胸を打たれつつ、ペニスは更に大きくして、柔らかな手を引いて、浴槽の外に出る。

するとクレアは、先回りするように進んでタオルを外して見せた。行儀良く座ると、浴場の床にタオルを敷いて、その上に横たわる。

「さ、どうぞお好きなように……」

仰向けになっても崩れない美巨乳。息を呑むような艶やかな曲線を描く、腰のくびれ。張り出たヒップは、熟した果実を思わせる。

ユーリは我慢せず、その上に覆い被さった。貞淑なはずのメイドは、自分から股を開いて、男の侵入を受け入れてくれる。

くちゅり。

濡れた茂みに、膨れた亀頭が触れあう。その時、ユーリはクレアの肩が震えているのに気付いた。これはまさか。

「クレアってさ、ひょっとして……初めて？」

「は、はい……申し訳ありません、不慣れなものですから、勇者様を満足させられないかもしれません……」

「まさか。すっげえ嬉しい」

あの不思議な酒、ナルクの力は借りられない。

しかし、童貞を卒業済みのユーリは恐れることなく、腰を前に押し進めた。

大人の女性のヴァギナは、しなやかに広がって、肉の棒を受け入れる。

「あ、はっ……勇者様のお大事が、私の中に、入ってきます……」

「クレアの中、熱くてぬるぬるだ……あ」

昨日も感じたばかりの、抵抗感。処女の証が尖端に触れたのを感じ、ユーリは思わず微笑んでしまう。昨日は妖精のような王家のお姫様、今日は憧れのメイドさんの初めてを奪うのだ。

されてしまった。


「クレアの初めて、貰うよ」

「はい……私に、勇者様を刻みつけてください」

ユーリは更に腰を先に進めた。肉の膜は少しの間抵抗したが、結局ぷつりと、男の前に散らされてしまった。

「んくっ、ああっ……」

黒髪のメイドは、髪を一房、唇に食んで、苦痛に耐えていた。眉根は寄せられ、麗しい美貌は破瓜の痛みに歪んでいる。

そんな彼女を気遣って、ユーリは女の内部でしばらく動かずにいたが、

「大丈夫、です……そんなに、痛くはありません……だから、どうか。私の身体で、気持ち良くなってください」

黒く美しい瞳に涙を浮かべながら、真っ直ぐに男を見上げて、そんなことを言ってくるのだ。

ユーリは自分のモノが、一段と硬さと大きさを増すのを感じた。もう動かずにはいられない。

この美女に自分の種子を植え付けたい。そんな本能に突き動かされ、ゆっくりとだが、腰を前後に振り始める。

「んっ、はぁっ……硬くて、逞しい、ですっ……」

破瓜の直後だというのに、そう男を褒め、喜ばせようとするメイド。

美女の熱い肉襞が、陰茎のまわりにまとわりつき、強く締め付けてくる。男を初めて知る膣は、しかし徐々に本来の機能を発揮し始める。

男をもてなし、気持ち良くするための、魅惑の穴という機能を。

「あんっ！　勇者様の武器が、奥まで届いて……駄目、です、こんなの……私が、気持ち良くなってしまいますっ」

三擦りもするうちに、快楽に開かれていくのは彼女の方で。

ユーリは彼女が急速に花開いていく様子を、満足感と共に眺めていた。

元より、健康的な若い女性。二〇を過ぎても男を知らずにいた、盛りを迎えた肉体は、オスにこじ開けられるのを、ずっと待っていたよう。

一突き、二突き、生殖器を押し込むたび、女性器がその形を覚えようと、貪欲に絡みついてくる。元からよく濡れていた内部は、もうトロトロに蕩け始めていた。

「すごい、クレアのあそこ、俺のモノにしゃぶりついてくるよ」

「ひゃうっ、ああ、ああんっ！　気持ちいい、ああ、気持ちいいです、勇者様ぁっ！」

実に官能的な光景だった。

結い上げられていた髪はいつの間にか解けてしまい、みどりの黒髪が床に散らばっている。

乳白色をした、弾けるような女の裸体が、艶めかしい対照を描いていた。

美しい乳房が上下に息づき、綺麗に整った顔は、情欲に輝いている。さながら女神のような肢体だが、その両足は卑猥なほど大きく開かれて、この肉体が男の玩具なのだと告げている。

こんな美人に、これから種をまくのだ。

劣情に燃えたユーリは、もう中出しすることしか考えられない。腰の動きは、忙しなく小刻みになり、二人の下腹部はパンパンとぶつかり合う。

「クレア、クレアっ！　出る、もう出るよっ！」

「ああん、勇者様、どうぞ、お情けをくださいませっ」

びゅるるるっ。

起き抜けだというのに元気なペニスが、勢いよく射精を始める。女の腰をがっしり掴み、まるでオナホでも使うように、気持ちがいいだけの射精を楽しむユーリ。

びゅく、びゅくっと固練りの精液が弾けるたび、クレアは甘く喘いで、腰をくねらせるのだった。

「さいっこう……」

「ふふっ、勇者様に気持ち良くなってもらえて、私も嬉しいです……」

倒れ込んでくるユーリを、繊細な手が優しく撫でる。

なお、破瓜の証はタオルにばっちり残っており、後で二人を悩ませることになるのだが、それはまた別の話。


さて、男女の間に点いた火は、そう簡単に消えたりしない。

浴場を出た二人は、一度はきちんと衣服を身に付け、廊下に出たが……別れようとしたところで、その手を掴んだのは、どちらが先だったか。

言葉もなく、クレアの部屋にしけ込んだ二人は、着たばかりの服を脱ぎ捨て、飛び込むよう

にベッドイン。

熱く激しい二回戦の始まりである。

「ああ、クレア、クレアっ！」

「勇者様、素敵です、ああんっ！」

だらしなく顔を崩して、のし掛かってくるユーリを、クレアは慈愛の表情で抱きしめる。少し前、ルナリア姫に言われたことを思い出しながら。

それは、クレアがユーリの寝室を掃除していた時のこと。

クレアを焚き付けたルナリアは、しどけなくベッドに横たわりながら、こんなことを話していたのだ。

『ねえクレア、よく人肌恋しいって言うでしょう？　男はね、寂しくなると女が欲しくなるものなの。きっとユーリ様は、ずっと気持ちに蓋をしていたのね。私を抱いて、それが溢れてしまったのよ。元の世界に帰れない、寂しい気持ちがね。……クレア、もし嫌でないなら、貴方も私を手伝って。一緒に、ユーリ様の寂しさを埋めてあげましょう？』

そのユーリは、美人メイドのおま〇こにち〇ぽを埋めて、幸せいっぱいである。こればかりはルナリアの深読みしすぎで、元よりユーリはそんなに精細な性質ではない。

おほ、おほっと間抜けな声を出しながら、今や自分のモノとなった美女を相手に、組んずほぐれつ。真昼の情事は、ずるずると長く続いた。

「ルナリア様、宜しかったのですか？　クレアは本気ですよ。きっと今頃、勇者様と……」

ベッドから起き出して、優雅に紅茶を楽しむルナリアへ、お付きのメイドが心配そうに声を掛ける。

それを王女は、何でも無さそうにあしらった。

「いいのよ。ユーリ様を囲うのだもの、女の数は多いに越したことはないわ。いっそ子沢山なら、もっといいわね。寂しさを感じる暇もない、大家族にしましょう。きっとそのことで、心がいっぱいになるわ。――元の世界を忘れるくらい、ね」

その時、ルナリアの唇が形作った笑みの、なんとも言えない底知れなさ。

打算だけではない。好意だけでもない。獲物を罠に掛ける、狩猟者の笑みだった。

§

魔族が住まう暗黒大陸。その片隅に、今や世界で最も強大な存在が四人、真剣な顔で集まっていた。

魔王ルキウス。

不死女王エレミア。

竜王アガメムノン。

そして異界より来たる勇者、ユーリである。

かつてなく真剣な顔をしたユーリを前に、他の三人も引き込まれてしまう。なにせ邪神復活を前に「おおー、お約束展開キタコレ！」と叫ぶキチガ……もとい、勇猛果敢な男に、こんな表情をさせる事態とは、一体？

やがて、ユーリは厳かに、自分の人生に起きた一大事を口にした。

「どうしよう……王女様に手を出して、次の日にメイドさんに手を出しちゃった」

共に戦った仲間達は、その告白を、いかにも真剣な顔で聞いていた。聞いた上で、三人ともそっと瞼を閉じ――

「ヤリチ○超ウケる！」

「残念勇者め、下半身で失敗とか、草が生えるわ！」

「ぶはっ、種馬じゃ、種馬がおる！」

爆発するように笑い始めた。

いっとう酷いのはエレミアで、腹を抱えて大笑いするだけでは足りず、文字通り笑い転げていた。ひー、ひーっと、震えるように笑っている。

仲間達の友情の温かさに、ユーリは涙した。泣きながら掴みかかり、しばらく乱闘になって地形が変わったりしたが、それはまあ、いつものこと。

「あー、最高に笑ったわ……それでヤリチ○、どうするの？　責任とって王様でもやる？」

「余の心は晴れ渡る青空のようだぞ。さてスケベ勇者よ、次は誰に手を出すか悩んでいるのか？」

「わしはとても上機嫌じゃから、親身にアドバイスしてやるぞい。子供の名前なら、いくらでも考えてやろうではないか」

なんて……役立たずな連中……！


拳を震わせ歯を食いしばるユーリだが、この異世界で下半身トークが出来る相手など、こいつらしかいないのだ。仕方がない。

「そ、そんな簡単には、デキないと思うんだよな。それにほら、俺異世界人じゃん？　体のつくりとか、違うかもじゃん？」

「魔族は人族と子を成せるぞ。貴様は魔族より、だいぶ人族寄りだろう。はい論破」

「その、子供が出来なかったらヤリ逃げできる、って発想がほんとヤリチ○よね」

「……ぐぬぬ……」

別に、ルナリアとクレアに不満があるわけではない。自分には分不相応な、素晴らしい女の子達だ。

ただ、二〇を少し超えたくらいのユーリには、この年で結婚と言われても尻込みしてしまうだけで。

それに現代っ子のユーリには、性交↓結婚↓子育てが一直線に結び付けられるのは、抵抗感があった。端的に言えば、もっと遊んでいたい。

そんなことを馬鹿正直に話したところ、意外な助け船を出したのがエレミアである。

「でもヤリチ○、王族とか貴族は、ハーレム、っていうのを持つんでしょう？　それに貴方、異世界から来た男はハーレムを作るのがセオリーだって言ってたじゃない。それで有耶無耶にはならないの？　木を隠すなら森ってことで」

「……そうなった主人公は、絶対に帰れなくなるんだけどな」

「ざまぁ」

結局、その日は遅くまで酒盛りとなり、特に実りのある議論にもならず、ユーリ以外の三人が馬鹿笑いをするだけで終わった。

なお、酒盛りも終盤になると、自棄になったユーリが初体験を語り出したのだが、それについて魔王は後日「実にキモかった」と漏らしたという。


一夜が明けて、転移を使い王宮に戻ったユーリを迎えたのは、やんごとなきルナリア姫と、忠実なるクレアである。

なぜか浮気男のような気まずさを覚えるが、やましいことは何もないので、馬鹿正直にユーリは話した。

「やー、あいつらと朝まで飲んじゃって」

「あいつらって、魔王様に、不死女王様に、竜王様のこと？　本当に仲がいいのね」

「ま、しょっちゅう会ってはバカ話するからなあ。エレミアなんか、何かあるとすぐ念話使ってくるんだぜ、もう」

ふわぁ、と欠伸をかいて、寝室に向かうユーリ。それを追うクレア。

そして残ったルナリアの頬に汗が伝う。

仲がいいとは聞いていたが、そんなに密に連絡を取り合う仲とは！

「……ちょっとお父様、本当に急いで褒賞出さないと、不味いわよこれ」

三人とも、今の世界では最高の権力者だ。一方、ルナリアの祖国は、人族国家では真ん中くらいに位置する、そこそこの王国でしかない。

ユーリは何故か、そんな王国の王にも随分と敬意を払っているが、本来は彼の方がずっと上の立場にいるのだ。

只でさえ各国から「勇者の褒賞はどうなっている」と突き上げられる中、当の勇者と三王が蜜月の仲というのは、非常にまずい。別にユーリが、この国にいなければいけない理由など、何処にもないのだから。

こうして王家に頭痛の種が増え、大臣達が喧々囂々の議論をする中、ユーリはぐっすり昼まで眠った。何故かクレアが添い寝をしていたので、寝ぼけた頭で挿入し、スッキリしてから二度寝した。いいご身分だった。

§

「……ん？」

朝風呂を浴びてベッドに直行したユーリは、数時間して目を覚ました。普段ならもっとぐっすり眠っているのだが、起きたのには理由がある。

「んー、あったかくて気持ちいい……」

柔らかくて温かな、抱き枕のお陰だ。触っていると気持ち良くて、股間のアレがむくむくしてしまうのだ。寝ぼけ眼を擦りつつ、弾力のある枕にモノを擦り付ける。

「ふぁっ、お目覚めですか、勇者様……？」

「あれえ、クレアだ……抱き枕が、クレアになってる……」

寝ぼけたユーリは、夢を見ているのだと思った。そうでなければ、どうしてベッドの中にランジェリー姿のクレアがいたりするのだろう。

「クレアのからだ、柔らかくて気持ちいー……」

「あっ、お尻に硬いモノが当たって……きゃんっ」

「おっぱいやーらけー。フカフカだ」

「ふふ、勇者様ったら……どうぞ、私の身体、お好きなように使ってください」

なんか許可出た。

夢見心地のまま、豊満なヒップにペニスを擦り付け、先走りを垂らして肌を汚す。両手はたっぷりと実ったバストを鷲掴み、むにむにに柔肉を揉みほぐしていた。

世界中を探しても、こんなに素晴らしい抱き枕は無いだろう。

最高の夢だなあ、と呆けたことを考えながら、ユーリは好き放題する。思う存分おっぱいを揉んで、白いうなじをペロペロして、ち○ぽを尻コキで大きくする。

「あ、ふぅっ……勇者様ぁ……」

うなじが弱いのか、舐められるたびに切なく喘ぐクレア。首筋にはもう、幾つもキスマークが付いていた。メイド服の襟元を緩めれば、バレてしまうくらいだ。

「そろそろ、こっちも頂きまーす」

「はい、どうぞ。勇者様のお大事を、端女のいやらしい穴に埋めてください」

ずにゅるっ。

反り返ったペニスが、クレアの内部に滑り込んだ。挿入はスムーズだった。

ユーリは熱くてトロトロのおま○この、一番奥まで男根を押し込むと、そこで一度止まった。絡みついてくる膣粘膜の感触を楽しみながら、ゆっくりと、ねじるように腰を動かす。

それは、ゆっくりとしたセックスだった。互いの肉体を結び合わせ、その繋がりを確かめ合うような。

「あー、クレアの中、最高だよ……ね、クレアさ」

「ん、ふぇ？」

「端女なんて言わないでよ。クレアは俺の可愛いメイドさんなんだから」

「ひゃうっ」

耳を甘噛みされ、清楚なメイドの顔が真っ赤に染まる。

半分寝ながら囁くユーリは、何というか、魔王の言う「キモさ」が全開だ。素面なら言った五秒後に死にたくなるであろう台詞を、連発してしまう。

「クレアのこと、ずっといいなって思ってたんだよ。クラシックなメイド服をさ、凛として着こなして。顔は綺麗だし、胸は大きいし、俺って凄いラッキーだぞって、内心小躍りしてた」

「ふぁっ、そ、そんな、私なんかに……！」

「そんな美人とセックスできるだもん。俺ってホントにラッキーだよな」

「勇者、様……！」

忠実なメイドは感極まった。感極まって、つい腰を揺すってしまった。もう下半身が止められない。男に、この繋がっている男性に、少しでも気持ち良くなってもらいたい。

その一心でくねくねと尻を揺らして、ペニスを刺激する。

するとユーリも、それに合わせて腰をくねらせ、濡れた肉襞を掻き回して、互いの性器の粘膜を擦り合わせる。

ゆっくりと、しかし激しく。ベッドの中、布団の下で二人の肉体が蠢き、重なり合い、蔦のように絡まり合って。

「あっ、出る出るっ」

「んんっ」

びゅぷっ、びゅるるるっ。

浅ましく、粘っこい体液が、清純なメイドの中に噴きこぼれる。膨れあがった男根が内部で跳ね回り、次から次へと、白濁液を弾き出す。

「おほーっ……あー、気持ちぃー……」

「勇者様ぁ……♡」

後ろから抱き付いて、下腹部のあたりに手を回し、いやらしく撫で回しながら、腰を卑猥にくねらせ続ける。一物はビクビク震え、その最後の数滴まで、精液を女の腹に流し込む。

おまえ何相談してきたんだよ、というくらい、模範的な種付けセクロスである。

ご丁寧に、射精が終わってもまだ腰を揺すり、なだらかなお腹を撫でては、ふへへと間抜けな笑みを零す。

それはまあ、クレアでなくたって、赤ちゃん作りたいのかなと思うだろう。外出しする素振りすらない。

しかもち○ぽを突っ込んだまま、ユーリは二度寝を始めてしまった。愛しい勇者の体温を感じながら、クレアもまた、快い眠気に身を任せる。

目覚めたユーリがどんな顔をしたか、ベッド上でどんな情けない土下座を決めたのかは、また別の話。

第二章　救世公ニート爵の誕生（未遂）

救世の勇者ユーリは、召喚されてからずっと、王宮の一室に住んでいる。

褒賞を待つ身になった彼は、王の好意で（というか懇願で）部屋に住み続けていた。朝起きて、クレアを抱いて、ご飯を食べ。本を読み、昼飯を食べ、ルナリアを抱く。夕飯を食べ、風呂に入り、二人を抱いて寝る。

殆どセックスしかしていない。

当たったらどうしよう、と心配していたくせに、いざムラムラすると我慢できない。中学生男子もかくやという性欲で、ユーリは性生活に溺れていた。ルナリアもクレアも、求めれば喜んで応じてくれるので、際限無しにズブズブ浸かってしまうのだ。


さて、これはそんな夜のこと。

「勇者様、令嬢の皆様から夜会のお知らせが来ております」

「ユーリ様、少しは気分転換をした方がいいんじゃない？　ずっと王宮にいるのも、息が詰まるでしょう？」

やんごとなきお姫様メイドと、従順な正統派メイド。身分違いの二人をベッドに引き込み、代わりばんこにご奉仕させる。

そんな不敬なプレイを楽しんだ後のことだ。ユーリはとうとう、二人が遠回しに「たまには外に出たら？」「こんなことばっかやってていいの？」と言ってるんだと解釈した。

勝手にそう思い込んでゲンナリしたので、二人を抱き寄せ、おっぱいを揉んでリフレッシュした。

「あはっ、まだまだ元気ね、ユーリ様♡」

「あんっ、勇者様ぁ」

よし、少なくともえっちは嫌がられてないぞ。

そう安心したユーリは、さくっと本音を吐露することにする。

「俺、このまま引き籠もってていいんだけどなー」

「あら、それがユーリ様のお望みなの？」

「そりゃ、働かなくていいなら、働きたくないさ。ニート最強！」

「勇者様、無知で申し訳ありませんが……にいと、というのは、元の世界の地位なのですか？侯爵や、子爵のような？」

「あ、うーん、まあそんな感じだな。不労所得で生きる高貴な身分だよ。――ニートはね。働かなくて、いいんだ」

ユーリは遠い目をして、万感の思いを込め、そう呟いた。その横顔に浮かぶ切なさを、隣の二人はどう思ったか。

後に彼は、「あんなシリアスなムード作るんじゃなかった」と後悔することになる。

§

そうこうしているうちに、夜会の日になった。

馬車に揺られ、郊外に建つ迎賓館に向かう。

時間は夕暮れ。何故かその日は、ルナリアもクレアも忙しくて、朝から「そういうこと」が出来ていない。少しばかりムラムラしている。

さっさと帰って二人を抱こう。そう心に決め、馬車を降りた途端……爆発するような黄色い歓声に包まれた。

「きゃあ、勇者様、勇者様だわっ！」

「ああ、わたくしの故郷を救ってくれた、あの勇者様！」

「思ったより優しそうなお顔なのね……はぁ、素敵……！」

色鮮やかなドレスに身を包む、若くて綺麗なご令嬢が大集合している。金や黒、中にはピンクも混じる、色彩豊かな髪。色とりどりのドレスが、どれも胸元の開いたデザインなのは、流行なのか狙ってか。

白い胸の谷間がくっきり見えて、禁欲中（一日のみ）のユーリには目に毒だった。

「お、おおう……どうも、ユーリです」

「ユーリ様と仰るのね、素敵なお名前！　さ、夜会の会場はこちらですわ」

気が付いたら、乙女達に手を引かれ、あれよあれよと館に連れて行かれてしまう。

お嬢様方は実に積極的で、左右から前後から、ユーリを揉みくちゃにしていた。ひどく近い距離から匂い立つ、女の子の匂いにめまいがする。薄暗がりの中で、ぷるんと震える上乳の白さが目に焼き付いた。

「さあ、どうぞ。こちらが今夜の会場です」

立派な扉を開き、シャンデリアの輝く大広間に入る。そこには、ワインレッドのドレスに身を包んだ、派手な美少女が待ち構えていた。

自信に満ちた、いかにも傲慢そうな笑みを浮かべた少女。燃えるような金髪が、その性格を現すようだ。

「ようこそおいでくださいました。わたくし、ドミニナ公爵の娘、ヴェラと申しますわ。勇者様をお迎えできて、これ以上の誉れはありません」

ニッコリと、高慢さが滲み出るような笑い方。元の世界なら女子高生くらいの年頃だろう。身体のラインがピッチリ出るドレスに、大きく開いた胸元。発育のいいバストが作る、愛の谷間がはっきり見えて、ユーリは鼻の下を伸ばした。

まさに絵に描いたような「貴族令嬢」である。プライドも高そうだが、ボディもわがまま。

ついガン見してしまうユーリの視線を感じ、ヴェラはますます笑みを深めるのだった。

§

さて。

やんごとなき令嬢の集まる夜会。そう聞けば、あらあらうふふ、女神様が見ている、淑やかな情景を思い浮かべることだろう。

実際ユーリも、そんなのを想像してきたのだが。

「ユーリ様ぁ、わたくし、酔ってしまいましたぁ……♡」

「この果物、甘くて美味しいですよ？　はい、あーんっ」

キャバクラという単語が、一瞬脳裏を過って、慌てて頭を振っては否定する。

とはいえ、やたら抱き付いてきたり、身を寄せてきたり、腕を取っておっぱいで挟んだり、セクキャバみたいな接待をされているのは事実。

しかし相手は、名のある貴族のご令嬢である。

手を出したら面倒だなあ、くらいのことは考えるのだ。

しかも話を聞けば、この夜会に来ているお嬢様方は、最年長でも一七歳。下は一四歳から来ていて、幾ら異世界でもＪＣに手を出すのは犯罪だろ、くらいには思う。

そんなユーリの隣に、すすっと侍って酌をするヴェラ。プライドの高そうなお嬢様なのに、距離感がおかしくて、ぴっとり触れ合う近さでお酒を勧めてくる。

グラスに酒を注がれるたび、ぷるぷるのおっぱいが触れるのだが、ユーリの中では一七歳はギリギリセーフ。ということになっていた。

「こちらのお酒も良いものですわ、勇者様」

「お、サンキュー……ん、あれ、どこかで飲んだことのある味だな、これ」

「まあ。それは……そうですか、皆、考えることは同じですわね」

なんだそれ、と思った瞬間。

飲み干した胃袋から、かっと熱くなるような感覚が走り抜ける。

そして、ムラムラしていた下半身が、もう我慢できないとばかり、むくむくと。

「ご存じかもしれませんわね、これはナルクというお酒ですわ。本日集めさせて頂いたのは、わたくしも含め、生娘ばかりで御座いますの。勇者様に楽しんで頂くには、些か不安がありましたから、用意致しました。効果はもう……ご存じですわね？」

ヴェラは男の胸板に縋り付いて、指で「の」の字を書きながら、甘く囁いた。

もちろん存じている。股ぐらが痛くなるほど知っている。

「一応、ご説明致しますと。生娘を乱れさせて、殿方の精力を増す効果が御座いますわ。つまり、乙女の花を手折るには、うってつけの……あんっ」

言い終わる前に、ユーリはヴェラの唇を強引に奪った。むちゅ、くちゅっと、わざと音を立てながら、力任せに口を吸う。

ぷるんと瑞々しい、十代の少女の唇。自信たっぷりで、男を罠にハメるような令嬢でも、所詮は少女で、深窓の令嬢だ。

上辺は勇者のキスを受け入れながらも、身体は反射的に後ずさりをしようとする。そこでユーリは腕を掴んで抱き寄せるのだが、少女の手は小刻みに震えていた。

(構うもんか。あっちから誘ってきたんだ……！)

キスはますます深く、互いの舌を絡め合う淫らなものになっていた。

ユーリはドレスの開いた胸元に手を突っ込み、若い乳房を掴み取った。たわわな実りを鷲掴みに、量感を確かめるように揉みにじる。

「ふぁっ、あんっ、勇者様ぁ……♡」

それでもヴェラは、媚びる表情を作って、甘い声を出してみせる。ナルクの効果か、乳首もコリコリと固くなっていて、白い頬は林檎のように赤く染まっていた。

これ、もう最後まで行っていいだろ。

媚薬に浮かされた頭で、ユーリはぼんやりと考える。

愛撫しながら、少女の肢体をソファーへと横たえ、更にむしゃぶりつく。そのがっつき方は、余裕がなくて荒々しい。胸をはだけさせ、ドレスの裾を捲り上げて、少女の性を剥き出しにする。

自分もカチャカチャとベルトを外し、ぽろんと勃起ペニスをむき出して、さあセクロスというところ。

「お願い、お待ちになって……寝所の用意が、してありますの」

そこまでお膳立てしていたのか。

ユーリの心から、最後の遠慮が、何処かへ飛んでしまった。

「じゃあ、たっぷり楽しませてもらおうか」

軽やかなヴェラの肢体を、お嬢様抱っこして、広間を出る。ヴェラがか細い声で、寝室への道を指し示す。

後ろに置いてきた令嬢たちのことは、もう頭が回らない。

ユーリはただ、大輪の花を思わせる美しい少女を、どう貪るかで頭がいっぱいになっていた。

寝室に入ると、目に付くのは清潔で大きなベッドだ。今のユーリには、もうそれしか目に入らなかった。

シーツの海へぽすんと女体を投げ出すと、すぐに覆い被さって、柔らかな肢体をまさぐり出す。

たくし上げた裾の下、挑発的な黒のショーツを引き抜けば、金色の和毛に覆われた貴族の姫所。

経験のないあそこに舌を這わせ、くちゃくちゃ卑しい音を立てて愛撫する。

「んっ、はぁあっ……いけませんわ、そんな、汚いです」

「汚くないよ。女の子の、大切な場所じゃんか……これから、俺に汚されるけど」

舌の上に熱い蜜が滴るのを確認し、ユーリは少女へと覆い被さる。燃えるように熱い亀頭を、濡れた入り口へくちゅくちゅと擦り付ける。

「ああ、わたくし、とうとう勇者様のモノにされてしまうのですね……」

「そうだ、もう止まれないからな。行くぞっ」

ぬぷぬぷ。

挿入した乙女の狭隘は、思いのほか滑りがいい。よく潤っていて、滑らかな内部は、おいでおいでとペニスを誘い込んでくる。

吸い込まれるように腰を進めれば、ぷつりとあっけない音がして。

「んはっ」

処女花を散らされ、切ない喘ぎを漏らすヴェラ。

ナルクは効果抜群で、深くまで肉の棒を埋め込まれても、うっとりするような甘い声を漏らす余裕がある。

「んんっ、勇者様のモノが、奥まで入って来ていますわ……うふふ、これでドミニナ家にも、勇者様の血が……んっ！　ひゃんっ！」

何やら不穏なことを言っていたヴェラであるが、ユーリが腰を前後に振り出すと、それどころではなくなった。

「あんっ、だめ、わたくしの奥、おち○ちんがコツコツって……あ、やんっ、そこはらめぇっ！」

三擦り半もしないうちにチ○ポ負けしてしまうお嬢様、まさにチョロイン。

高慢な表情はトロトロに溶けて、緩んだ瞳にはハートマークが浮かびそう。

穿ち広げられた処女地の奥深く、赤ちゃんを作る場所の入り口を亀頭にツンツンされて、ヴェラは全身を震わせる。チ〇ポを突っ込んでいるユーリの方が驚くほど、急激な乱れ方。

「ここ？　それとも、こっちの奥がいいのかな？」

「ふあっ、わたくしの気持ちいいところ、探らないでくださいませっ。壊れて、壊れてしまいますっ！」

そう言いながら、潤った柔穴がペニスをきゅうきゅう締め付けてくる。ユーリはもう、間抜けな顔をしながら、パコパコ腰を振るしか出来ない。

そうして下半身を打ち付けるたび、ヴェラはシーツを強く握りしめ、感極まったように嬌声を上げるのだ。その征服感といったらもう。

「おほっ、気持ちいい、気持ちいいよっ」

「ふぁ、だめ、おち〇ちん擦れるの、気持ちいい！」

一七歳の美少女があられもなく乱れて、ち〇ぽをねだってくるのだ。ユーリの頭から小難しいことは全部飛んでしまい、ぴったりと身を重ねて、おま〇こを掻き回すことしか考えられない。

より気持ち良くなろうと、形のよい脚を持ち上げて、肩の上に乗せ、まんぐり返しの体勢で繋がり合う。

肉槍が一番深いところをコツコツ刺激して、そのたび、ヴァギナが気持ち良さそうに蠕動する。肉襞が絡みついて、締め付けてくる生々しい感触が、背筋を駆け抜け、頭を桃色に塗り潰す。

「ああっ、勇者様のおち◯ちん、すごいっ！　気持ち良すぎて、おかしくなってしまいそう……！」

男を罠にハメたようで、すっかりハメられてしまったヴェラである。

両脚を持ち上げられ、上体はベッドの上に押さえ付けられ、動かせるのは下半身だけ。だからこそ、感覚は研ぎ澄まされて、自分の中に突き埋められた男性自身の形が、手に取るように分かるほど。

「はぁ、はぁっ、勇者様、勇者様も気持ち良くなって！　ね、我慢せずに、気持ち良くなっちゃいましょ？」

「おおおっ、おま◯こがうねって……これエロ過ぎっ……！」

もっと腰をいやらしく動かして、男の快楽を増してやろうと、打算ではなく本能が囁く。膣を締め付け、腰を動かし、ペニスにかかる快感を、その限界まで高めるのだ。

先週まで童貞だったユーリには、レベルが高すぎる攻撃である。彼のＨＰはあっという間にゼロになった。

「あっ、勇者様のおち◯ちん、わたくしの中でピクピクって跳ねて……あらっ？」

「おふぅ」

びゅくびゅくびゅくっ。

美少女の奥深くで、あっけなく達してしまう。ホースが壊れたように暴発する精液。温かい膣内に、どぷどぷ流し込まれる男の生殖液。

「くあっ……はっ、はあっ、出ちゃった……」

出されている。熱くて、ドロドロしたものが、下腹部の中を広がっていく。

ユーリを骨抜きにしようとして、思わぬ反撃を食らったヴェラであるが。

結局、ち○ぽに負けたが勝負には勝った。

「うふっ、勇者様のお種が、いっぱい入って来ますわ……なんて、元気なのかしら」

「ヴェ、ヴェラの中が、気持ち良すぎるのが悪いんだ。あー、どうしよ、中に出しちゃったぞ」

「ふふ、いいではありませんか。今は……今だけは、難しいことはお考えにならないで。わたくしを、わたくしのことだけを、見てくださいませ」

言われた通り、じっとヴェラの顔を見つめる。何度見ても、うっとりするような美しい顔立ち。勝ち気そうに釣り上がっていた瞳は、とろんと垂れ下がっていて。大きな蒼い瞳は、見つめていると吸い込まれてしまいそう。

「ん、むぅ……ちゅぅ……」

「んっ、ふぅっ」

実際吸い込まれていた。後戯にしては情熱的なキス。

瑞々しくて柔らかな唇に触れていると、言う通り難しいことは後回しでいっか、と思えてしまう。

「まだまだ夜は長いですわ、勇者様。わたくし、すっかり火が点いてしまいました」

「おほっ」

唇を離したヴェラが、今度は胸板に縋りついて、男の乳首を猫のようにペロペロ舐め始める。

意外な攻撃に、ユーリの分身はピクンピクンと反応した。

「うふふ、思った通り、とってもお元気なご様子。それでは……もう一回、しませんか？」

こんなの断れるワケがない。

ドレスを脱ぎ捨てたヴェラが、乱れた金髪をかき上げて、ユーリの腰に上ってくる。今度は彼女が上になる番だった。

「わっ……」

躊躇いなく、いっそ誇らしげにさらけ出された裸体。その美しさに、ユーリは思わず感心してしまう。出るところの出て引っ込むところの引っ込んだ、一つの欠点も見つからない、完璧な曲線を描く体つき。

元の世界なら、間違いなくグラビアモデルで大活躍しただろう。

それが今は、自分のち○ぽに跨がって、あわよくば受精卵をこさえようとしているのだ。興奮せざるを得ない。

「ヴェラのからだって、すごい綺麗だな……」

「嬉しいですわ……ユーリ様のおち○ちんも、とってもご立派。ああ、もう我慢できませんわ」

黄金の茂みが左右に開き、くぱぁ、と桃色の割れ目が姿を見せる。ヴェラは大胆に腰を下ろして、股間と股間を触れ合わせ、そのまま、ぬぷり。

「あんっ、おち○ちん、入って来ましたわっ♡」

「うあっ、ぬるぬるで、気持ちいいっ……！」

ずぽっと、一気に根元まで突き刺さるペニス。一番深いとこを突かれて、子宮をきゅんきゅん疼かせながら、ヴェラは頑張って腰を振った。

ぷりんとしたヒップをパンパン弾ませ、上下に激しく飛び跳ねては、ベッドを軋ませあんあん喘ぐ。

「ああんっ！　ふぁっ、そこ、いいっ……！」

しなやかな肢体が反り返るたび、完璧な球形のバストが、ぶるんぶるんと大迫力に乳揺れする。その迫力ある立体感に、ユーリの視線は釘付けだ。３Ｄ映像など目では無い飛び出し方。

つい手を伸ばして、むぎゅっと鷲掴みにして、もみもみしても仕方が無い。

「あはっ、お乳を、搾られていますの……？　まだ、出ませんのに、もう……♡」

「ふお、すげえ弾力……！」

ちょうど膨らみきった頃合いの、ハイティーンのバスト。力を込めれば、弾み返してくる、みずみずしい肉感。

ユーリはもう、夢中になって揉みしだいた。揉みしだきながら、腰も突き上げ、結合部はぐちゅぐちゅ卑猥な水音を立てた。

「勇者様、お手を……」

「え……」

楽しくおっぱいを揉んでいた指が、胸から引き離される。一瞬『嫌がられたかな』と焦ったユーリだが、ヴェラはそのまま、恋人繋ぎでぴたりと手を重ね。

その手の柔らかさ、優しさにドギマギしている勇者に向け、ぐりぐり、円を描くようにウェストをくねらせる。

「おほっ、おおっ!?」

「ああっ、これ、いいっ！　おち◯ちん、大暴れですわっ！」

もう全身が搾精器みたいな美少女だ。滑らかな肌に汗を弾かせ、金糸の髪を振り乱し、全力で男の精を搾りにかかって来る。

ユーリの下半身に耐える術はなかった。両手をしっかり掴まれて、股ぐらはピッタリ密着して、外出しなど出来ようわけもない。

「い、いくっ、もうダメだっ！」

「ああ、来て、勇者様、熱いのいっぱい出して！　ああ、ああーーっ！」

どぴゅっ、どぷどぷっ。

二回目でも元気いっぱいなザーメンが、モデルみたいな美少女のお腹に流し込まれていく。生中出し。膣内射精。避妊してない。そんな単語が頭をよぎり、余計に興奮してしまう。

節操のない射精は、随分と長く続いた。

§

「ふぁっ、勇者様、しゅごい……」

「……ああ、やっちゃったこれ……」

広く豪華なベッドの上で、だらしなく脚を開いて寝転がるヴェラ。その股からは、コポコポ溢れた精液が漏れている。

勇者の血筋目当てのお嬢様に、誘われるがまま中出しを決めまくった結果であった。数発出さないと賢者タイムにならないのがユーリである。悟ったときにはもう遅い。

「……よし。これは、まあ、不幸な行き違い。まずはタオルと、水桶を持ってこよう。うん」

淑女としては人に見せられない、体液まみれのヴェラを眺め、行為の後始末に思い至る。なけなしの良心である。

そうしてドアを開き、廊下を出ようとすると。

「「きゃあっ!!」」

「ぬあっ!?」

まるでドアの前で聞き耳を立てていたように、室内に崩れ落ちてくる、二人の少女。どちらも、顔を真っ赤にしてるし、まあ、そういうことだろう。

「え、えっと、これは、その」

気まずい。なまじ、誰それの領地を救ったとか、家族の命の恩人だとか、おだてられた後の、この始末。

「わ、私たち、パジャマパーティーしてたんです！　そしたら、その、苦しそうなお声がしたから、つい……」

「そしたら……その、鍵穴から、何をなさっているのか、見えてしまって」

ユーリは大きく息を吸い込み、はぁぁ、とため息を吐いた。呆れられたと思ったのか、二人の肩がビクリと震える。

「二人とも、夜会で会ったな。名前はなんていうの？」

「わ、私、イレーネって言います」

「エミリーです、救世の勇者様……」

イレーネは、赤く艶やかな髪が眩しい、明るくて活発そうな少女。

エミリーは黒くてウェーブがかった髪を伸ばし、花輪で飾った、大人しそうな女の子だった。

好対照な二人だが、だからこそ気が合うのかもしれない。

さて、二人の名前を再確認したユーリは、改めて彼女たちに向き合うと……。

「そ、それじゃ今日のことは、お互い内緒ってことで……」

実に卑屈な隠蔽工作に打って出た。

すると二人は、互いに顔を見合わせて、不思議そうな顔をする。

やがて、赤髪のイレーネが意を決したように口を開いた。

「え、でも勇者様。この夜会って、勇者様の、お夜伽の相手を決めるために開かれたんじゃないんですか？」

「……へ？」

勇者、超初耳。

「え、えっと……わたしは、その、勇者様のお情けを頂けるなんて、大それた考えは持っていません……でも、ヴェラ様が、勇者様は花の蕾が好きかもしれないし、って」

大人しいエミリーが、おどおどと言葉を繋ぐ。なお、年齢はエミリーが一四歳、イレーネが一六歳だ。元の世界なら確実に事案である。

「は、はは、そうなんだ……へー、へー……」

「だ、大丈夫ですよ勇者様っ！　ルナリア殿下にも、話が通ってるって聞いてますからっ！」

「ぐふっ」

あの王女様、こうなることを見越して……!?

ユーリは戦慄した。『もし帰るつもりなら、この世界のことは、一夜の夢みたいなものでしょ？』とか言って、既成事実を作った挙げ句、こうして確実に外堀を埋めてくる手腕。ただ者では無い。

……まあ、勝手に穴をハメて、穴に埋まったのはユーリであるが。

何気にダメージが入った勇者だが、単純な奴である。気を落ち着けて、改めて二人を見つめ直すと……それはまあ、やっぱりというか、美少女であるので、ついつい目移りしてしまう。

パジャマパーティーというだけあって、寝間着姿なのだが、それがとても、薄い。ランジェリーのように、薄い。具体的には、ピンと立った乳首が見えちゃうくらい。

どうも、寝るとき下着は着けないらしい。下半身に視線を移すと、うっすらとした茂みが……。

「え、えっち」

イレーネが両手で胸を隠す。エミリーは、飛び上がって後ろを向いてしまった。

「ご、ごめん、すごく綺麗な身体だからさ」

「～～っ！」

イレーネが顔を真っ赤にして俯いてしまう。ド直球のセクハラである。気まずさにポリポリ頬をかくユーリだが、続いてやって来た言葉に、目を丸くした。

「……じゃ、じゃあ勇者様は。私のことも、抱きたいって思うんですか」

「……ごくり」

救世の勇者ユーリ。ＮＯと言えない日本人。

§

「あっ、入って、入って来てるっ！」

「イレーネ、イレーネっ」

あれから。

ひとまずヴェラの身体を濡れタオルで拭ってやり、別室に寝かせると。ナルクの栓を抜き、三人で飲んで、ベッドの上でパジャマパーティー。おしゃべりは思いのほか盛り上がり、その勢いのまま、ぱくり。

まずはイレーネの処女をモノにしてしまったユーリである。

「私、勇者様にヴァージン、捧げちゃったんですね」

「ああ。嫌だった？」

「ううん……その、恥ずかしいけど。嬉しい、です」

はにかみながら、嬉しそうに微笑むイレーネ。大きくて明るい瞳には、うっすら涙が滲んでいる。

あまりにも可愛らしい美少女ぶりに、ユーリはパコパコ腰を振った。まだ膨らみ終わっていない、Dカップのおっぱいを揉みしだき、一六歳の瑞々しい肢体を味わう。

「あんっ、勇者様、すごいっ！」

「イレーネのあそこも、凄く気持ちいい……っ！」

花も恥じらう一六の乙女。そのぷりぷりの膣壁が、竿に絡み付いてくるのだ。もうそれだけで気持ちいい。

そこに、イレーネの真っ直ぐな可愛らしさ。ヴァージンブレイクの直後なのに、健気に腰を動かして、少しでもユーリを気持ち良くさせようとするいじらしさ。

初体験で肉食乙女と化したヴェラとは、違った良さがある。抱いていてほっこりする女の子だ。

「んっ、ちゅ、ちゅ、ちゅっ」

「ふむぅ、はふっ……勇者、さまぁ」

キスをすれば、辿々しく差し出される舌。それを強引に巻き取っての唾液交換。見つめ合って純愛いちゃラブをしつつ、下半身ではぬぷぬぷ繋がり合う。一粒で二度美味しい。

「ヤバ、もうイクっ」

「あっ……熱い、よぉ……」

あっけなく達して、美少女のお腹にびゅーびゅー精液を流し込む。イレーネは腰に脚を絡め、だいしゅきホールドしながら射精を受け入れていた。

「ん……いっぱい、出てます……ね、勇者様。気持ち良かった、ですか？」

「もちろん、最高だったよ」

「ふふ、良かったあ……」

花が綻ぶように微笑むイレーネ。ユーリはもう、あまりの可愛らしさに胸がいっぱいになる。赤い髪を優しく撫で、ちゅ、ちゅっと頬にキスの雨を降らせた。

「ふぅ……」

ぬぽっとペニスを引き抜き、濡れタオルで拭いていると、エミリーの視線が突き刺さる。丸く大きな瞳が、じっと、柔らかくなったペニスに向けられていた。

「え、えっと、エミリー？　どうかしたか？」

「……なんだか、小さくなったように見えるんです。その、勇者様がイレーネ様と……男女のことを、なされているときは。もっと、大きかったように見えたので」

「そりゃ、一度出しちゃえば、小さくなるんだよ」

「殿方のお大事は、小さくなったり、大きくなったりするんですか？」

エミリーは、その目を丸くして驚いているようだった。ユーリは何か、犯罪者みたいな気分になった。

「えっとさ、その……エミリーは、男の身体の仕組みって、どこまで知ってる？」

「恥ずかしながら、教育係の方は、わたしにはまだ早いですよ、と……」

うん。まだ早いと思うよ。

ユーリは内心、そう思った。なにせ、エミリーは見るからに純粋培養のお嬢様。ゆるふわ巻き毛の黒髪に、花飾りとか着けて、リボンが沢山付いたフリフリのパジャマが似合うお年頃。生地が薄いので、体つきもはっきり見えるが、とても華奢で。抱いたら折れてしまいそうだ。全体的に作りが小さくて、胸もまだ膨らみかけ。せいぜいBカップくらいだろう。

一四歳と聞いているが、下手するともっと年下に見える、色々危うい女の子だった。

「初めて見ます。これが、殿方の……」

ぼんやりと、心ここにあらずといった様子で、エミリーは「それ」に引き寄せられてゆき。

とうとう、白魚のような指が、竿に絡み付いてしまった。

「ふおっ、エミリーっ!?」

「あっ、ぬるぬるしてます……」

拭き取り切れてなかった精液が、綺麗な指を汚し、べどべどにしてしまう。まるで新雪を汚すような背徳感。

細い指に絡み付いた、ドロドロの粘液。ねっとり糸を引くそれに、エミリーは不思議そうな目を向ける。

「勇者様、これは一体、なんでしょう……？」

「えーと、それは、精液って言ってね……男が気持ち良くなると、どぴゅどぴゅって出てくるんだよ」

「……せい、えき。これが……」

「聞いたことはあるの？」

「は、はい……夜会などで、耳にする機会が。その方は、お種のことだと教えてくれました。女性の中に、男性が植え付ける、お種だと。これが、そうなのですね……」

熱っぽい視線をザーメンに向けるお嬢様。ユーリの下半身は、むくむく元気を取り戻してしまう。

「あっ……大きく、なってきました。本当です。勇者様、もしお嫌でなければ、わたしにも、男女の営みを教えて頂けませんか……？」

幼いとは言え、飛びきりの美少女。ユーリはついつい、ベッドに押し倒してしまった。

「きゃっ」

「そんなこと言うと、もう後戻りできないぞ。乙女でもなくなるけど、いい？」

「……はい。勇者様に貰って頂けるのであれば……いえ、勇者様でないと、いや、です……」

「いくよ」

「はい……」

ベッドの上。一糸まとわぬ裸身となったエミリーを横たえ、上に乗る。たっぷり愛撫してあそこを潤わせたたし、ナルクも飲んだ。大丈夫だろうと言い聞かせるも、流石にナイーブになるユーリ。

それを見て取ったのか、エミリーが安心させようと声をかけた。

「大丈夫です、勇者様。わたし、先月、月のモノが来て……お子を宿せる身体なんです。だから、わたしを、女にしてください」

一四歳の少女が口にするには、あまりにも刺激的な言葉で。

ユーリはもう我慢ならず、小さな割れ目に亀頭を宛がい、力を込めて押し開いた。

「んあっ、くうっ」

流石に辛そうな顔をするエミリー。だが、涙が出るほどではないようだ。

じわり、じわりと肉を穿ち、押し開いて、ユーリは少女の中へと侵入する。

やがて一際抵抗の強いところにぶつかり、一旦動きを止めた。

「エミリー、よく頑張ったね。純潔、もらっていい？」

「はい……わたしを、勇者様のものにしてください」

みちみちみち。

閉じた肉襞をこじ開ける音がする。ぷつり、と最後の抵抗が破れ、とうとう処女花が散らされた。

「んんっ!!」

瞳を閉じて、ユーリの首に縋りつき、痛みに耐えるエミリー。流石に辛そうなので、ユーリもゆっくりと腰を進める。

「入った……」

万感の思いを込め、ユーリはそう呟いた。何も知らない初心な少女に、異性の全てを教えてしまったのだ。達成感と背徳感がない交ぜになった、不思議な気分だった。

「ああ、わたし、勇者様に純潔を捧げられたんですね……」

泣きながら、それでも嬉しそうに笑うエミリー。そんな彼女の頭を撫でてやると、ユーリはゆっくり、内部を痛めないように腰を動かした。

一四歳のおま○こは、行き来するのも精一杯なほどキツキツで、挿入しているだけで射精しそうになる。

「うぁ、せまっ……すっごい締め付け」

「ごめんなさい、勇者様……あんまり、気持ち良くないんですね」

「いや、逆。キツすぎて、すぐイキそう」

これで処女を奪うのは五人目になるユーリだが、こんなにキツいおま○こは初めてだった。

さすが初潮来たての一四歳。

今まで女の子に突っ込んだら、何も考えずに膣内射精してきた勇者も、流石にこの娘にそれは不味いと思う。子供みたいな体格のまま、ボテ腹ポッコリとか洒落にならない。

「そろそろ、抜くね」

「え？　勇者様、離れちゃ、やだ……」

細い腕が背中に回され、脚が弱々しく腰に絡み付く。さっきのイリーナの様子を真似たような、拙い動き。大きな瞳には涙が浮かび、行かないでと訴えかけている。

「え、でも……当たったら、赤ちゃん出来ちゃうぞ」

「勇者様の赤ちゃんなら、作って欲しいです。わたし、がんばって産みます。ですから、どうか……」

お種を、ください。

耳元でそう囁かれ、ユーリのペニスは決壊した。どんなに力を入れても押し止めることは出来ず、びゅーびゅー元気よく噴き出して、小さなお腹をドロドロに満たしていく。

「あっ……熱いの、出てきました……勇者様の、あっついせいえき……」

「あー、やべ、くぅ、気持ちいいっ……！　こんなのダメなのに、すげえ気持ちいいっ」

一四歳の少女に子種をまき散らしながら、いけない快感に震えるユーリ。

男女の営みから生殖の方法まで、性教育を実地で手ほどき。無垢な乙女に男の味を教え込んで、大人の階段を上らせたのだ。気持ち良くない筈がない。

つまり、ユーリはペニスを引き抜くことも忘れて、最後の一滴まで残さず出し切ってしまった。懲りない男だった。

「これは不味いな」

再びの賢者タイム。ヴェラ、イレーネ、エミリーと立て続けに手を出して、美味しく頂いてしまったユーリは、いよいよ隠蔽工作について真剣に考え始めていた。まず、シーツに盛大にワインを零す。これは確定。次にヴェラを起こして、事情を説明。協力してもらう。それから……。

考えながらドアを開ける。

パジャマ姿のお嬢様方と目が合う。

「「「勇者様っ、わたしたちもお夜伽したいですっ!!」」」

「ちょ、おまっ」

一気に飛び込んでくる美少女達の、柔らかな肢体。全身から匂い立つ甘い香り。ちゅ、ちゅっと雨あられと降ってくるキス。

ぷっつん。ユーリの理性の糸は、あっさり切れた。揉みくちゃになりながら、ベッドの上に後戻り。脱いだパジャマがポンポン飛び交い、ベッドはギシギシ、少女がアンアン。

「まあ、勇者様ったら、本当に元気なんだから」

いつの間にか復活していたヴェラが、遠巻きに眺めてにんまり笑う。

グズグズの乱交パーティーは夜明けまで続いた。

§

「んあ……あれ？」

明くる朝……ではなく、真っ昼間。目覚めたユーリは、ふにふにと手に当たる、柔らかな感触に怪訝な顔をする。

いや、手だけではない。足も腹も胸も、というか全身が、柔らかくて、あったかい。これはまさか……。

「はっ！」

跳ね起きる。すると、きゃっと可愛らしい声があちこちから上がった。

そう。ユーリは、全身を裸の美少女に絡みつかれ、今の今までグースカ眠りこけていたのだ。

豪奢な寝室は、それはもうメチャクチャな有様で。床には優雅なドレスが脱ぎ散らかされているし、そこら中に下着が散乱しているし、シーツには赤い染みが複数残っていた。

夜明けまで続いたご乱交の、宴の後。

夜会に集められた、やんごとなきご令嬢の初めてを、下は一四歳から上は一七歳まで、もれなく頂いてしまった結果である。

当然、外に出した記憶も無い。一四歳のＪＣ相当であるエミリーにも、バッチリ生中出しを決めている。

まだまだ子供なのに、女として乱れた顔を見せた少女。おま○こはもう、出し入れするのも大変なほどキツキツで。青い肢体を手込めにする興奮と言ったら……。

「いやいやいや」

頭をブンブン振って、雑念を振りほどこうとする。まずはこの状況をどうするかだ。最初っからセクキャバみたいな接待だったし、ナルクを飲んで誘ってきたのはあちらの方。そう考えれば、問題ない。問題ない、筈だが……調子に乗って膣内射精した事実は消えない。

これはもう、「当たり」が出ないことを祈るしかなかった。

(この際、俺の中に潜む邪神の残滓が暴れ出した……という設定はどうだろうか。そう、邪神の邪淫ってことでひとつ……)

現実逃避して逃げ口上を考えていると、頬に軽くチュッとキスをされる。

視界の隅に映る、黄金色の輝く髪の毛。この状況を作り出した張本人、公爵令嬢のヴェラであった。

「お早う御座います、ユーリ様。お目覚めは……とても良さそうですわね」

「あっ、ちょっ」

「我慢はおからだに毒ですわ、さあ、気持ち良くなりましょう……？」

嫋やかな指が朝勃ちに絡みつき、優しく上下にしごき始める。お目覚めのキスは、情熱を増してゆき、舌を出しての物欲しげなものに。

「もう、わたくし、お種を仕込んで頂ければそれで良かったのに……もう、このおち◯ちん無しでは、生きていけそうにありません」

王宮に帰るには、もうしばらう時間がかかりそうだった。

§

「はあ？　ちょっとヤリチ◯、悪いんだけど、もう一回言ってくれない？」

「うむ、済まんが余も耳が悪くなったようだ。今の、聞くだけで頭が悪くなりそうな言い訳を、もう一度言ってくれ」

暗黒大陸の片隅。

いつもの集会所で、いつもの面子が、救世の英雄にはぜんぜん相応しくない会話で盛り上がっていた。今日のテーマは、ユーリによる、上手な肉体関係の誤魔化し方相談である。

「分かってんじゃねーか！　だから、その。邪神の残滓が、俺の中に眠っていて……そう、ふとしたとき、俺は俺で無くなってしまう！　邪神の邪淫が、俺の身体を乗っ取って、意思に反することをさせているんだ……っ！　っていう設定で、口裏合わせてくんないかな、って……」

ユーリの言い訳は尻すぼみになっていく。

目の前の三人が、汚物を見るような目を向けているからだ。

「脳味噌腐ってるの？」

「……ハッキリ言うが、わし、お主と一緒にされたくない」

「邪神の邪淫とか、ナメてんのか貴様。まさか、邪神に同情することになるとは思わなかったわ」

「う、うっせーやーーーーーーい！」

逆ギレしたユーリの叫びが、犬の遠吠えのように木霊した。

「はあ。それでヤリチ○は、王女とメイドと、貴族の令嬢たちの初物を片端から奪って、責任回避しようとマジで焦っているってわけね」

「それ俺が人間のクズみたいに聞こえるんだけど。あと俺の名前はユーリだ。ヤリチ○じゃない」

「あら、つい忘れていたわ。でもいいじゃない、どうせ爵位か何か貰うんでしょう？　ユーリ・ヤリチ○卿とか名乗ってみれば？」

ツボにはまったのか、魔王と竜王がゲラゲラ苦しそうに笑い転げ、暗黒の荒野に「ヤリチ○卿！」という大声が響き渡る。

「いいアイディアだぞエレミアよ！　流石は不死女王だ！　よし、その時には余が、貴様の銅像にデカデカとヤリチ○卿と書き込んでやろう！」

「わしも、歴史上もっとも強く、もっとも勇猛な勇者、ヤリチ○卿の伝説を後生まで語り継ごうではないか。任せておくのじゃ」

「お、おまえら……！」

自棄になったユーリが、樽詰めされたワインをがぶ飲みする。無駄にハイスペックな肉体は、アルコールにも強いのだ。媚薬には弱いが。

「しかしユーリ。余は不思議なのだがな、そんなに責任取るのが嫌なら、最初から手を出さなければいいではないか」

「あー？　おい魔王、あんな可愛い子たちに、露骨に誘われるんだぞ。我慢できたら聖人か何かだ」

「あ、余は納得。貴様ほど聖人という単語からかけ離れた人間、見たこと無いわ」

ひどく納得した顔で、魔王もワインに手を伸ばす。エレミアも酒を口にして、竜王は樽ごとがぶ飲みしていた。場の空気はいよいよ、グダグダを極めていく。

「……そりゃ俺だって、当たっちゃったら責任取るよぅ……クレアがさぁ、時々お腹さすって、もし子供が出来たら立派に育てますって言うの。あんなの、責任取るしか無いじゃん。ちゃんと家庭作らなかったら、俺ホントにサイテー男じゃん」

「今でもサイテー男だと思うけど。そのクレアさんの他に、何股かけてたっけ？」

「ああ、クレア、ルナリア、ヴェラ、イレーネ、エミリー……まじごめん……」

結局、その日のユーリはグデングデンに酔い潰れ。あろうことか、エレミアと魔王に担がれて、王宮へ粗大ゴミのように持ち込まれることになる。

「邪神の邪淫とか超ウケるわね」

「余も今度、爺に『飲み過ぎは邪神の残滓のせい』と言ってみよう」

「ちょっと、笑わせないでよ！」

そんな会話を残し立ち去る英雄たち。しかし、事情を知らない使用人達は、邪神とか邪淫とかいう単語だけ引き抜いて、変な噂が広がることになるのだった。

結局、良い言い訳も持たないまま、明くる日を迎え。


「おお、これはこれは勇者様。本日お呼びしたのは、他でもありませぬ。もうご存じかもしれませんが……」

「は、はい」

謁見の間。国王に呼ばれ、ユーリは身を固くして話を聞いていた。下手な言葉も、ユーリには『他でもない、おまえにも身に覚えがある話』と聞こえている。

娘さんの処女を奪って、お付きのメイドに手を出して、夜会で十代の女の子と淫行したのは俺です！　土下座するので勘弁してください！

心中でそう叫び、渾身のフライング土下座をかまそうと身構えるユーリであった。

しかし、王の口から出るのは、（当然）違う話である。

「勇者様に相応しい住居と職ですが、ひとまず準備が整いまして御座います」

「へ？」

「まず、先王が使っておりました離宮の改修が終わりまして。勇者様には、そちらでごゆるりとお過ごし頂こうかと。もちろん！　もちろん、各国と力を合わせ、壮麗な新宮殿を建造しておりますが！　そちらは何年もかかりますゆえ、ひとまずは仮住まいということで、どうか……！」

ご乱交の言い訳を考えるのにいっぱいいっぱいだったユーリは、話に付いていけなかった。

離宮？　宮殿？　何言ってるんだろ？　という感じである。

「は、はぁ……」

取り敢えず頷いておくと、国王は心底安堵したように、はぁっと息を吐き出した。

「おおお、この王は安心致しました。使い古しの離宮などと、お怒りになられても仕方がありませんからな。それと職で御座います。ルナリアから聞きましたぞ。異世界には、最も強く、最も高貴なる者にこそ相応しい……にいと、なる位があるのだと」

……へ？

今度こそユーリの脳味噌はフリーズする。

しかし国王は、構わず話を続けていく。

「この王と大臣たちで考えましたところ、王国に新たな爵位を作ってはどうかとなりまして。辺境伯や侯爵の上にあたり、王族と地位を同じくする、いえ、格式としては、それをも上回る高貴なる地位。ニート爵を、勇者様にお授けしたい！」

ガツン。

ユーリが、テーブルに頭を打ち付ける音である。

後ろに控えていたクレアが、大慌てで駆け寄り、「どうなされたのですか！」と心配してくれるが、何のことは無い。穴があったら入りたい、というだけのこと。

「……紛らわしいことを言って、大変すみませんでした……」

「へ？　ゆ、勇者様!?」

結局、辛くも「ニート爵」の羞恥プレイは免れたユーリであったが、困ったのは国王である。いずれにせよ、何かを与えなければ格好が付かないのだ。

「お困りのようね、お父様」

「おお、ルナリアか……」

「もう侯爵でいいんじゃないかしら？　難しいことは考えずに、ひとまず侯爵と言うことにして、後でもっと良い地位を出せばいいのよ」

とんでもなく大雑把なことを言い出すルナリアだが、ユーリの無頓着さを見抜いての発言である。実際、ユーリには渡りに船だった。

「えと、俺、侯爵ってどんな仕事か分かりませんけど、そんなにキツくないんなら……」

「ふふ、ユーリ様。侯爵はね、働く必要なんてないの。でんと構えていれば、領地の収入が入ってくるわ」

「え、そんな都合のいい話あるの？」

「貴族ですもの。ね、受けてもいい気になってくれた？」

「それなら、いっかなあ。そっか、俺、働かなくていいんだ……」

ユーリの胸に、静かな感動が広がっていく。異世界に来て半年、とうとう人生勝ち組になる時が来たのだ。ああ、なんと甘美な響きであろうか、収入があるニート。

「王様、ありがとうございます！」

「あ、はあ、どういたしまして……？」

何に喜んでいるか、王はイマイチ理解できなかったが、嬉しそうだし良いことにした。そして、ルナリアの見事な操縦ぶりを見て、王も一つの真理に辿り着いてしまう。

勇者様って、金も権力も興味なさそうだけど、女に耐性ゼロなんじゃ？

知られてしまったが運の尽き。

王は頭を回転させ、次なる一手を考えていた。勇者をこの国に絡め取る、妙策を。

§

引っ越しというのは、異世界だろうと大変なものだ。

王都郊外にある離宮に移ることになり、ユーリの周囲は準備に駆けずり回っていた。王女ルナリアは陣頭指揮を執り、ユーリ専属メイドであるクレアも、様々な支度に余念がない。

暇なのは本人だけだった。

いや、彼も善意で手伝おうとしたのである。

手伝おうとして、「アガメムノンなら幾らでも荷物運べるし、どうせ暇だろうからエレミアとルキウスも呼んでくる！」と言って、慌てて宰相に止められたのだ。

大学生が友達に課題ヘルプ頼むノリで、そんな連中を呼ばれそうになった宰相は、半泣きで「大丈夫です、勇者様は何も気にせず！　のびのびと！　お過ごしください！」と懇願し、ギリギリで事なきを得た。

とはいえ彼も、ボケッとしているだけではない。

王宮には食べ物や衣服など、出入りの商人がいるのだが、ユーリに関わっていた面子は皆、離宮での取引を任されているのだ。

大したことでもないが、その挨拶を聞き流すのが、彼の仕事になっていた。

「お久しぶりです、勇者様。この度は、離宮へ移られるとのこと、侯爵に叙爵されるとのことで、とても喜ばしいことですね」

「あはは、そんな硬い挨拶しなくっていいですよ。レジーナさんにはお世話になってるし」

挨拶に来た商人の一人、レジーナは清楚なお嬢さんである。

色素の薄い金髪を編み込んでまとめ、後ろに結い上げた髪型。化粧っ気がないので、一見地味だが、とても整っていて綺麗な顔。商家の娘としての気品と、可憐さが両立した容姿だ。

そこへフリルの付いた白いブラウスに、ハイウェストスカートという服装で、童貞を殺すに戦力は十分である。

とはいえ、性格は真面目の一言。別にハイウェストスカートが邪なのでは無く、見てるユーリが邪なのだ。

「……実はそのことで、残念なお知らせが御座います」

「え？」

「お恥ずかしながら、私の商会は、もう火の車で。毎日、借金取りが店に来る有様なのです。恐らく、勇者様にお目にかかれるのも、今日が最後……」

それを聞いてユーリは困った。

レジーナの商会が扱うのは、主に衣服。王侯貴族のような服はNGなユーリは、無理を言ってシンプルなシャツやズボンを納めてもらっている。

それが無くなったら……王宮で見かける、宝石や勲章だらけの重たそうな服を思い出し、思わず天を仰いでしまった。あれはない。馬子にも衣装というが、無理ゲー過ぎる。

「そ、それは、困るなあ」

「申し訳ありません、私の力が及ばないせいで……」

「いや、俺もいろいろ無理言ってきたし。あー、そうだなあ……何か、力になれること、あります？　客寄せとか、用心棒くらいなら出来ますよ」

「そ、そんなことをして頂くわけにはっ……！」

叫びかかったところで、レジーナは俯いてしまった。暗い声で、「でも……どうせ……なら……」と呟いている。

やがて、顔を上げた彼女は、意を決したようにユーリを見つめ。

「あの、それでは……勇者様のお部屋で、お話しさせて頂けませんか？　出来れば、その……二人きりで」

「え？　あ、はい。大丈夫ですよ」

やっぱりビジネスだし、人に聞かれたくないことあるんだろうな、とユーリは能天気に考えていた。年頃の娘が男の部屋に招かれる、というのがどういう意味か、ロクに思い至らずに。


「はい、どうぞー」

「し、失礼致しますっ！」

誰もいないユーリの部屋。そこに、思い詰めた表情のまま、レジーナが足を踏み入れる。

そして、消え入りそうな声で、身の上話を始めるのだった。

「実は、私の商会は、父の代から借金を抱えていて。返済できなければ、店と……私自身が、抵当になるのです」

「そ、そりゃまたブラックな」

「返済できなかったのは、私の不始末です。自分で言うのも何ですが、私は若い女ですから、娼館に売り払えば元本の足しになるでしょう。でも、どうせ、娼館に落とされるなら……勇者様。私を、メチャクチャにしてくれませんか……？」

「わお……」

そう、今にも泣き出しそうな瞳で訴えながら、彼女は自分からブラウスを開け始めた。真面目で清楚なお嬢さんの脱衣シーンに、ユーリは興奮せざるを得ない。おっぱいのサイズはDカップぐらいだろうか。ちょうど手のひらいっぱいくらいで、これはもう是非揉んでみたいところ。

胸を隠すのは丁寧に刺繍の施された、優美なランジェリーだった。黒のブラは挑発的でいいものだが、真面目なレジーナが身に付けていると、ギャップでついついおっきしてしまう。

「ん……ど、どうでしょうか、勇者様」

「う、うん、凄くいいと思うよ」

自暴自棄になったレジーナの、大胆な色仕掛け。その賭けは大当たりである。ユーリはもう、彼女を助けることしか考えていない。助けるためには、えっちしかない。そんなピンク思考に陥っていた。

ここで「そんなことしなくてもいいから、安心して」とかイケメンな台詞が吐けないあたり、エレミアにヤリチ○と言われる所以である。

「そのブラも、繊細で綺麗だね……えっと、これも売り物？」

「はい……その、勇者様に見て頂くための、試供品です」

試供品。試すために供えられた品。それを自分で身に付けてきたと言うことは、まあ、そういう意味で。ユーリのち○ぽは正直に反応し、指をわきわき、レジーナへと近付いていく。

「その、見ただけだと、触り心地とか分からないし。触って、いい？」

「ど、どうぞ……」

「じゃあ、触るね……」

つんつん。

最初は優しく、おっぱいの柔らかさを確かめて。

次に下乳を支え、重さを確かめるように、揉み始める。一体何の触り心地を確かめているのか。

「柔らかいなぁ……」

「あんっ」

「あ、あの、使い心地は如何でしょうか……」

「柔らかくて、凄くいいよ。もうちょっと、実践に近い形で確かめるね」

「え、それって……あっ、勇者様、お戯れをっ」

柔らかくてフカフカのベッドへ、優しく彼女を押し倒す。

こうなったら男は止まれない。ブラが外れるほど強く乳を揉み、うなじにキスして、空いた手でスカートのホックを外し始める。

こんな時だけ器用な男である。流されるまま、気付いたらスカートを脱がされていて、レジーナは下着姿になっていた。

「勇者様、そんな、とこ……ひゃうっ！」

男の指が、ショーツ越しに割れ目をなぞる。未知の感覚に、全身が痺れるような刺激がして、レジーナは飛び上がりそうになった。

自分でも気付いていなかったのだが、彼女はとても感じやすい体質だったのである。

調子に乗ったユーリは、すぐにショーツの中へと手を突っ込んだ。熱くて、湿った、女性の秘密の場所。女神の丘へと指が伸び、茂みをかき分け、乙女の秘裂を探り当てる。

この年まで許してこなかった場所を、無遠慮にまさぐられ、レジーナの肢体は敏感に反応してしまう。

指がぬぷりと内部に入り込んで来たときには、上体を弓なりに反らし、未知の衝撃に身を震わせたほど。

「感じやすいんだね」

「ふぁ、やんっ、うそ、そんなところ……触る、なんて……」

「ほら、糸引いちゃってる。えっちなんだね」

「やだぁ……」

にちゃ、とユーリが閉じた指を開いてみせる。たっぷり付着しているのは、股間から溢れた愛液だ。

「試供品といっても、汚すといけないな。脱がすよ」

「んっ……」

するするとショーツが引き抜かれ、ブラがベッドサイドに落とされる。

生まれたままの姿、美麗な裸体をさらけ出し、羞恥の余り顔を隠してしまうレジーナ。

その上に、ユーリはゆっくりと覆い被さった。

「そ、それじゃあ、メチャクチャにしちゃって、いい？」

「あ……！」

くちゅり。

デリケートな粘膜が触れ合う感触。ユーリは彼女にのしかかり、正にその『行為』をしようとしているところ。

レジーナの顔を見下ろす。白い頬を紅潮させ、眦に涙を浮かべた、可憐な女性の顔が映る。

その口元には、自暴自棄になった者特有の、泣き出しそうな笑みが浮かんでいる。

「う。やっぱ、嫌だったかな……」

「いえ……なんだか、可笑しくて。私が一線を越えたら、娼館は使用済みとして買い取るでしょう。そしたら、私の値段も下がります。あの借金取りも、少しは困るかな、って」

なるほど、新品未開封が使用済み中古になったら、値段が下がると。

しかしユーリは、彼女を手放すつもりなどサラサラないのだ。

「いいや、レジーナは渡さないぞ。絶対。だから、その……いい？」

「ふふ、メチャクチャにして、って頼んだのは私ですよ？　勇者様は、お好きにしてください」

「じゃ、じゃあ……！」

ぬぷり。

約束通り、亀頭だけが彼女の内部に嵌まり込む。その熱さ、初めて知る男性自身の感触に、乙女は危ない快感を得ていた。

「あんっ」

つい、出してしまった喘ぎ声。

慌てて口を手で押さえるが、もう遅い。

「気持ち良かった？」

「そ、そんなこと……ひゃんっ、んんっ！　う、動いちゃダメ、ですっ」

膣の浅いところを、ぐにぐにとペニスが動き、潤った膣粘膜を刺激する。それだけのことで、彼女の肢体は反応してしまう。真面目に生きてきた反動か、初めて知った火遊びに、カラダが燃え上がっているのだ。

「ほら、こっちの口は気持ちいいって。おほっ、うねうね動いて、中に来てって言ってる……ね、レジーナ。もういろいろ大丈夫だからさ、俺に任せて」

「んっ、勇者様、あ、ああっ！　私の中、ずぶずぶって！」

力を込め、腰を前に進めて一線を越える。ぷつり、と小さな抵抗を破り、ずぷずぷ奥まで入り込んでしまう。

包装を破って新品開封したおま○こは、とても具合が良かった。

「────っ！」

破瓜の衝撃に、レジーナは本能的に男の背に縋り付き、口をパクパク動かして、声なき悲鳴を上げている。

熱くて狭い肉の狭隘に、深々と肉剣を突き立て、ユーリは処女花を散らした喜びに震えていた。

「ああ、気持ちいいよ、レジーナ……もう離さないからな」

「んっ、勇者様、すき、大好きっ……！」

ちゅ、ちゅっとキスの雨を浴びせられ、レジーナは喜んでユーリの頭を抱いた。処女喪失の痛みと、敬愛する勇者に貞操を捧げられた喜びで、生真面目な自分ではいられなくなってしまう。

貞淑なはずのお嬢様は、はしたなく愛の言葉を囁いて、勇者のからだに縋り付いた。

彼女の膣はたっぷりと潤い、肉竿に優しく絡み付く。

「勇者、さまぁ……」

レジーナにとっては、とてもロマンティックな初体験。相手は救世の勇者で、娼館に売り飛ばされるところを、強奪されるように抱かれたのだ。

こんなの、嫌でもときめいてしまう。

「レジーナ、本当に綺麗だよ。それに、中、すごく気持ちいい……」

「あ、勇者様のが、私の中で、ピクピクッて……ふふ、嬉しい、です」

こじ開けたばかりの女の通路。それを押し広げ、自分の形に変えてしまおうと、ずっぷずっぷ抜き差しを始める。

敏感な膣壁を雁首に引っかかれ、レジーナは甘い声を上げた。もう顔は蕩けてしまい、何も考えられなくなってしまう。

「うーっ、もうダメだ、イク、イクよっ！　あ、くうっ」

「んんっ！」

どくっ、びゅるびゅるっ。

内部で勢いよくペニスが爆ぜ、ドロドロの白濁液で開封済みま○こをマーキングしていく。

誠実な商人の娘は、男が精を放ったのを生身で感じ、甘い疼きに酔ってしまった。

「あっついの、いっぱい……勇者様のお情けが、たくさん……」

覆い被さる男の背中を撫で、幸せそうな顔で膣内射精を受け入れる。こうしてユーリは、また一つ面倒ごとを背負い込むのであった。

§

「……というわけで、宰相さん、ホントすみません！　馴染みの商会が困ってるんで、お金貸してください！」

一時間後。

やると決めたらやる男、ユーリである。ピロートークで自慢げに「絶対大丈夫だから」と約束した勇者は、宰相ダニエルを前に土下座しそうな勢いであった。

事情を詳しく聞いた宰相は、困る。超困る。

「あ、頭をお上げください、勇者様！　心配ご無用ですぞ！　このダニエル、勇者様の心配を取り除くのが仕事でありますからな」

「おおっ、すげー、さすが宰相さんっ！」

何が困るって、ここで下手に勇者に解決させようとすると、借金取りＶＳ救世の英雄ご一行バトルロイヤルが始まりかねない。王都のど真ん中で、邪神やっつけた後なのに。

王都の運命は、宰相の両肩にかかっているのだ！

「もちろん、王国もバックアップ致しますし、それに……その、勇者様には褒賞金が沢山ありますぞ。金など、借りるまでもないのでは？」

「あれ、そんなに貰ってるんですか？　俺、まだ何貰ったか見て無くって」

衝撃の一言。救世の勇者、自分の財布を把握していない。

宰相は切れる男である。即座に、勇者付き財務官の登用を決めた。そして、何がどうあってもこいつを借金取りに差し向けるべきではない、とも確信した。

「それでは、手続きの方は私がしておきますので、はい。勇者様におかれましては、ええ、商会の者に安心するようお伝えください。今や王家御用達、困ることはありませんぞ、と」

「はー、良かったー。俺、大見得切っちゃったから、ダメだったらルキウスに金借りなきゃって」

「この次こうしたことがありましたら、必ず事前にご相談を」

宰相はマジ顔で釘を刺した。

事の顛末はこうである。

レジーナの商会についていた借金取りは、突然訪問してきた宰相に腰を抜かし。いきなり現れた王国の権力者が、かの商会への借金を肩代わりすると言い出すに及んで、『とんでもない地雷を踏んだ』と確信。以降、レジーナの周囲には全く姿を見せなかったという。

もちろん、レジーナはユーリにメロメロになった。そしてユーリの包囲網は、また一つ強固になるのであった。

§

「まあ、ニート爵のお越しだわ！　なんて尊いお客様なのかしら！」

「むむっ、誰かと思えば、かの名高きニート爵とは！　余は驚天動地で言葉もないぞ！」

「おお、わしのような者がニート爵に見えるとは、恐れ多いことじゃ……！」

「よし、おまえらいい度胸だっ！」

いつもの暗黒の荒野。

会うなり挨拶がこれである。救世の英雄一行は、今日も平常運転であった。

「てか、なんでおまえら知ってるの？」

「この間、あの王女様に聞かれたのよ。何かいい爵位の案があれば教えて欲しい、って。その流れでね。あー、大丈夫大丈夫、ヤリチ〇ネタは引っ張ってないから」

ルナリア王女は出来る女である。適当に侯爵位を用意しつつ、必要とあれば救世の英雄達に協力を求めることも惜しまない。

ただし、

「しかし余の名案、『漆黒の闇に目覚めし真なる救世公《トゥルー・セイヴィア》』は却下されてしまったな」

「私の素晴らしいアイディア、『暗黒の家に住まいし滅神者《ゴッド・スレイヤー》』もダメだったわね。存外、難しいものだわ」

世界を救った英雄が、ネーミングセンスを備えているとは限らなかった。

「なあ、なんで悪堕ちしてるのが前提なの？」

「え？　何を言っておるのだ？　格好いい称号と言えば、漆黒とか闇とか入っているものではないか」

「そうよ！　それに斬新さもないとダメね。滅神者は自信作だったんだけど、うーん、『暗黒の家に住まいし』がクドかったのかしら」

恐ろしいことに、二人とも目が本気だった。この際、悪ふざけで言ってくれた方が、ずっとマシである。善意は、時として悪意よりタチが悪い。

ユーリはアガメムノンと目を合わせ、「処置無し」と頷き合うと、さっさと話題を変えることにした。

「ああ、そうそう。じゃあ聞いたかもしれないけど、俺引っ越しするんだよ」

「それも聞いたわ。ということで、はい、引越祝いよ」

「お！　すげえ、見るからに良さそうな酒じゃん！」

エレミアが差し出してきたのは、高級そうなガラス瓶に詰められた、年代物のワインである。

「ほれ、わしは量があった方がいいと思ってな、樽で持ってきたぞい」

「おおっ、サンキュー！」

アガメムノンがバラバラとワイン樽を出してくる。ユーリは大喜びだが、魔王は仏頂面だった。

「……貴様ら、それ、余の城から分捕ってきたモノだろう……！」

「あら、貴方のところの大臣は、陛下にはいい薬です、とか言って快く出してくれたけど」

「ぐううっ、爺め……！　おいユーリ、余が『酒が止まらぬのは、邪神の残滓が余の中で暴れているのを、抑え込んでいるのだ……！　ぐう、余の呪われた肝臓が、暴れ出して……！』と、渾身の演技をしたら、本気でぶん殴られたのだぞ！　貴様の言い訳は、ぜんぜん、これっぽっちも役に立たぬわ！」

「マジウケる……と言いたいところだが、それ、明日は我が身すぐるわ……」

今度はエレミアとアガメムノンが目を合わせ、「こいつら同レベルだな」とため息を吐く。

争いは、同じレベルでしか発生しない。救世の英雄達の、悲しい現実である。

「へそくりを作りたいんだよな」

酒盛りの最中、ユーリはそんなことを言い出した。他の三人は、はてなと首を傾げる。

「あれ、貴方ニートになったんじゃないの？　不労所得ばんざーいって叫んでたって聞いたけど」

「うん、まあ、そうだけどさ。ちょっと、色々入り用もあって。やっぱり、自由に使えるお金があった方がいいと思うんだよ」

ユーリの念頭にあるのは、レジーナの一件だ。邪神は無料で倒せるが、借金を倒すには金がいる。

宰相は、今までの褒賞金があると説明したし、ルナリアは、侯爵になれば金が入ると話していた。それを総合してユーリがイメージするのは、長期のバイトで貯金を作り、親の仕送りで生活するニートの姿である。

確かに素晴らしいが、再びレジーナのようなことがあれば、足りるかどうか分からない。しかも、あまり考えたくはないが、万が一、関係している女の子達が妊娠したら……。

結婚。子育て。養育費。人生設計……！

邪神よりも恐ろしい言葉に、ユーリは思わず身震いする。いけない。このままでは、いけないのだ。

「ふむ。その顔を見るに、とうとう『責任』という言葉の意味を知ったようだな、スケベ勇者よ」

「え、うそ、もう当てたの!?　これは、百発百中のユーリって呼ばなきゃダメね！」

「……あっという間じゃったのう。安心せよ、子の名前はわしが考えてやるからな。そこの二人には、任せられぬわい。いやはや、冗談のつもりじゃったのじゃがのう……」

「まだ当ててねーよ！」

渾身の叫びである。だが、『まだ』というのが空しいところであった。

「ま、もしも……そう！　万に一つの可能性かも知れないけど、もしもに備えて！　手っ取り早く、簡単に稼げる方法を見つけないとな、って」

「なあ勇者よ、貴様人生舐めてないか？」

「ふふふっ、魔王には分からないだろうな。実はこういうとき、最適なバイトがあるんだぞ！」

「あー、分かったわ。用心棒でもやるんでしょう？　貴方、腕っ節はあるものね」

「いいや、もっといい仕事だ。そう、冒険者になるんだよ！」


一方その頃、王城の一室では。

「ふわっくしょん！　うう、寒気がする……もしや、何か良くないことの前触れでは……？」

書類仕事をしていた宰相が、悪寒に震えていた。残念ながら、フラグは立った後であった。

§

翌日の王都。

冒険者ギルドに、突然、怪しげな集団がやって来ていた。

「へー、ここが冒険者ギルドなのね。むっさいけど面白そうな場所だわ」

「ふむ、確かに金の匂いがする。ユーリ、貴様にしては冴えているではないか」

「だろ？　ふふふっ、これぞお約束の冒険者ギルド……！　真昼なのに武器持ってるオッサンと、魔法使いのお姉ちゃん……すっげー！」

「わし、変化って疲れるし苦手なんじゃよな……じゃが、うむ、色んな人間がいて面白いのう」

白銀の髪を伸ばした美女。肌の色は雪のように白く、瞳は血のような赤。

黒ずくめのローブに身を包み、怪しげな笑い方をする長身の男。

子供みたいに落ち着きがなく、キョロキョロ辺りを見回す青年。

最後に、人の言葉を話す小型のドラゴンが、バッサバッサと浮いていた。

怪しい。とても、怪しい。

あまりにも怪しいので、冒険者あるあるイベント、『おい坊主、ここは遊びで来る場所じゃねえんだよ』『おっと肩がぶつかっちまった』も発生しなかった。

誰だって不審者には絡みたくない。

「で、来たはいいけど。どうやって仕事を見つけるの？」

「セオリー通りなら、まず冒険者登録だな。だいたいランクがあって、一番下のランクから上がっていくんだよ。最上級ともなれば、一度の依頼で大金を稼ぐのも、夢じゃない！　……はず」

「へえ。じゃあさっさと、登録というのを済ませてしまいましょう」

そうして彼らがやって来たのは、ギルドの受付カウンター。

ピンク色の髪をした受付嬢が、困ったような顔で座っている。童顔で、おっぱいの大きい美人さんだった。ギルドの制服であろうブレザーを、はち切れんばかりのおっぱいが押し広げている。素晴らしい。

「ちょっとヤリチ○、見とれてないで、さっさと座りなさいよ」

「おっと、しまった、つい……悪い悪い。あの、すみません。俺たち、冒険者登録しに来たんですけど」

「は、はあ……では、こちらのご記入をお願いします」

何だかんだ、四人とも行儀良く記入を始める。ドラゴンがペンを握って、「わし出身地ってどこじゃっけ」とか呟くのは、シュールですらあった。

そうして書き上がった登録証を見て、受付嬢はため息を吐く。やっぱり、おかしい。

名前：エレミア　出身地：ネクロポリス　特技：アンデッド召喚
名前：ルキウス　出身地：暗黒大陸　特技：深遠なる闇の力
名前：アガメムノン　出身地：記憶が曖昧　特技：ブレス
名前：ユーリ　出身地：王都　特技：やる気があります！

「皆さん。まず最初に言っておきますが、冒険者は、遊びでは出来ませんよ」

「うぐっ」

　ユーリが机に突っ伏す。やはり、やる気があります、ではダメだったか……！

「ほれみろユーリ。貴様の特技は、特技ではない。特に出来ることはないが、適当に通りのいいことを書いて誤魔化そうという、下心が見えておるわ」

「おまえだって、深遠なる闇の力って何だよこれ。中学生か！」

「……ふふふ。わしはほれ、この通り、ブレスを吐けるのじゃ！　自己申告のお主らとは違うぞ！」

「ギルドは火気厳禁です！」

　受付嬢に叱られ、しょぼんとする竜王。

　悲しいかな、救世の英雄一行は、パレードなど一切したことがない。つまり、ユーリ含め、誰も顔が割れていないのだった。悪目立ちを嫌うエレミアたちは、名前も出していないので、事実上、無名なのである。

「とはいえ、アガメムノンさんはブレスも吐けるようですし……簡単なところから、始めてみてはどうでしょう」

§

「おい、見たか！　もう三つめを見つけたぞ！　余の魔眼を持ってすれば、この程度……！」

「もう日が暮れそうじゃねーか！　それに俺も、これで三つめだ！」

「うーん、草ってどれも一緒に見えるわ」

「わしも、正直見分けがつかんのう」

王都郊外の森。

四人の記念すべき初依頼は、薬草集めであった。ノルマは十本。

しかし「薬草を見分ける」という基本スキルが無いので、大分苦戦しているのである。

今のところ集まっているのは、全部で九本。あと一本で依頼完了だが、日が暮れる前に終わるか、微妙なところであった。

そこに、同じ森に入っていた少年が話しかけてくる。格好からすると冒険者なのだが、年は一三、四歳といったところ。

「なあ、兄ちゃん達、ククリ草探してんの？」

「ん？　ああ、そうだけど」

「……分けてあげよっか？　ギルドの最初の依頼なんだろ。オレも、初めは苦労したし」

「いや、そういうワケにも……ん？」

何か剣呑な雰囲気を感じ取り、ユーリが森の奥を見据える。

同時、他の三人も、人が変わったように鋭い気配を醸し出し、同じ方向を向いた。

「え？　えっ……うわっ！」

奥から飛び出してきたのは、巨大な蛇のモンスター。人間を丸呑みにすることもある、危険なモンスターだ。

ルーキーの冒険者では歯が立たない、恐ろしい敵である。それ故、王都近郊では先んじて狩り尽くされているのに、どうして今日に限って！

恐怖のあまり硬直してしまった彼は、しかし、もっと信じられない光景を目にすることになる。

「おい魔王、酒のつまみが来たぞ！」

「おおっ、こいつの肉はワインに合うのだ！　なんといいタイミング……だが、余は両手が塞がっているから、不死女王、頼んだ！」

「ったく、仕方ないわね」

コントみたいなやり取りの直後、エレミアが一瞬で蛇の首を切り落とす。

かと思ったら、その場でいそいそと解体……もとい、調理を始めた。

「どれ、わしが焼いてやろう」

手慣れた手つきで蛇が解体され、アガメムノンのブレスが切り身をこんがり焼く。表面はぱりっと、中はジューシーになるよう加減された、熟練のブレス芸である。

何だこいつら。

少年が呆然と立ち尽くしていると、彼らはワインのボトルを開いて、その場で酒盛りを始めるではないか。もう訳が分からなかった。

「……な、なあ、兄ちゃん達、なんなの……？」

「んー？　俺たち、今日から始めた冒険者っ！　ふう、働いた後の酒は最高だなっ」

「おいユーリ。忘れておらぬか、まだ薬草が集まっておらんのだぞ」

「あ、そうだった……な、なあ、物は相談なんだけどさ。この切り身とワインあげるから、薬草一本、恵んでくんない？　もちろん、このことはギルドに内緒で！」

「あ、うん……オレから言い出したんだし、もちろん、いいけど」

少年は呆然と交換をして、切り身を食べた。確かに美味かった。

ユーリ一行は依頼を達成できたし、少年は美味しい蛇の切り身が食べれて、めでたしめでたし。

……こうして、後にも先にも例が無い、大問題児パーティが結成されてしまったのである。

§

王国を挙げた引っ越し作業は無事終わり、遂に転居の日がやって来た。

ユーリは商人のお嬢さんと個室面談、そのままパクリという「仕事」をしており、後ろめたい気分で当日を迎えたのだが。

「救世の勇者様、ユーリ侯爵、ご出立である！」

そんな国王の宣言と共に、花吹雪が舞う盛大な見送りをされ、ポカンとしていた。

「な、なんか、大袈裟過ぎじゃね？」

「そうかしら？　これでも地味にしたのだけれど。最初は、王都でパレードをしながら移動するつもりだったのよ」

「……罪人を引き回すみたいだな、それ」

「ユーリ様って、いっつも変なこと言うわよね。そこが面白いんだけど」

隣のルナリアが楽しそうにコロコロ笑う。今日はずっと、上機嫌だ。

上機嫌にユーリアが楽しそうにユーリの腕を取り、ふかふかおっぱいで挟んでくるものだから、ユーリは気が気でなかった。歩きながら勃起を堪えるので精一杯。

こうして、ユーリを連れた一団は馬車の車列に移り、半年間過ごした王宮を後にした。


「うわ、何これ」

「離宮よ。ユーリ様の、新しいお家」

「いや、まあ、そうなんだろうけど……こ、これは……」

「小さすぎた？」

「大きすぎだよっ！」

それは白亜の宮殿だった。広さは、ユーリの目には判別しがたい。何せ正門に立って、左右にずっと壁が続いている。もはや人の住む場所と言うより、巨大な博物館とか美術館に近かった。それにしたって、ここまで巨大なものは見たことが無いのだが。

花飾りのレリーフが彫られた門を通ると、これまた広大な前庭が広がっている。先王のお下がりと言うことだが、先王がいかにいい暮らしをしていたか分かろうというもの。

そうしていいよいよ、扉を開いて建物の中に入ろうとすると。

「じゃあ、開けちゃうわね」

悪戯っぽくルナリアが微笑み、扉を開ける。そうしてドレスの裾を翻し、くるりと回転して、にこり。

扉の向こう、大広間の左右には居並ぶメイドたち。その奥からクレアが歩いてきて、ルナリアの隣に並び、恭しく頭を下げる。

「お帰りなさいませ、勇者様」

「お帰りなさい、ユーリ様」

二人揃って言われて、ユーリは面食らった。

「あ、えと、うん。た、ただいま？」

こうしてなし崩しに、離宮はユーリの家となったのである。

ユーリは何だか、知らないうちに絡め取られた気分であった。

「ほら、ここが寝室よ。どうかしら？」

「ほあ」

テニスの試合が出来そうな広さの部屋に、今まで見たことも無いほど巨大なベッドが鎮座していた。あまりにもデカすぎて、置かれている家具に目が行かない。

「で、デカい……何だこのベッド……」

「驚いた？　職人に頼んで、特別に作ってもらったの。ベッドは広い方が、その……何かといいでしょ？」

「る、ルナリア……」

「さっきからこっちも辛そうだし……ね、ベッドの使い心地とわたしの使い心地、どっちも試してみない？」

むぎゅっと腕が強く抱きしめられ、豊かなおっぱいがむにゅりと潰れる。

もう是非もなく、ユーリは王女様をベッドに押し倒した。

「あはっ、すごいフカフカ♪」

「ああ、フカフカだ……」

ルナリアが言っているのはマットのことで、ユーリが言っているのはおっぱいのこと。すれ違う二人だが、目指すところは同じ。

今日のルナリアが着ているのは、この世界基準ではシンプルな作りのドレス。肩紐で支えるワンピースで、胸元が開いている。有り体に言えば、おっぱいが揉みやすく、脱がしやすい。

「あむ、むちゅっ、うはー、柔らかいっ」

「もう、ユーリ様ったら、赤ちゃんみたい……んっ」

ワンピースの前をペロンと開き、こぼれ落ちた乳房にむしゃぶりつく。若くて瑞々しい果実を、わきわき揉んで、ピンクの乳首をねぶり回す。

男は女性の乳房を、赤ちゃんの時にしゃぶり、大人になって、赤ちゃんを作る時にもしゃぶるのだ。

「ルナリア、俺、もうっ」

「ふふっ、我慢しなくていいのよ、ユーリ様。さ、使い心地、確かめましょ？」

ルナリアは自分からドレスの裾に手を入れて、するするショーツを引き抜いてしまった。脱いでいるところは見えないのに、結果としてヒラヒラのショーツが少女の手にあって、それがシーツの上に無造作に落とされる。

ごくりと唾を呑み込むユーリの前で、高貴なお姫様がドレスを捲り上げ、進んで股を開いてみせる。

細いおみ足の付け根で、くぱぁと左右に開く、ピンク色の綺麗なあそこ。

こんなの我慢できるわけがなく、ユーリは上に覆いかぶさって、そのままずぶり。

「あんっ、そんな、いきなりっ♡」

「おほっ」

おっぱいを愛撫されて準備が出来ていたのか、やんごとなき姫穴はぬぷぬぷとスムーズにペニスを受け入れた。

腰が一気に女体に沈み込んで、ユーリはうっとりため息を吐く。互いのお腹がぴったりくっつくまで、肌を重ね合わせると、せっかちなヴァギナが竿に絡み付き、別の生き物のように締め付けてくる。

「ああー、すごい気持ちいい……」

「もう、わたしだけじゃなくて、ベッドの使い心地も確かめなきゃ。ね、動いてみて？」

言われるまでも無い。重なり合ったまま、腰だけをヘコヘコ動かして、上下に蜜穴をほじくり返す。繋がり合った部分から、にちゃにちゃと淫液の混ざり合う音がする。

上から体重をかけられて、美少女の肢体ごとマットが沈む。その弾み方と言ったら、もう。

「最高、もう最高だよっ、くうっ」

「喜んでもらえて嬉しいわ……ふふっ、これからいっぱい使いましょ？」

「もちろんっ」

昼間からシーツの海にお姫様を押し倒し、ずっこんばっこん。この世の天国を行ったり来たり、甘美な摩擦運動を堪能して、ユーリは膣内に思い切り精をぶちまけた。

「おおっ、ああー、吸い出されるっ」

「ああんっ、熱いの、どぴゅどぴゅって……♡」

ルナリアの中にたっぷり種を注ぎ込んで、ユーリはベッドの使い心地を知った。これは最高だ、と。

救世の勇者は絶倫で底なしだが、相手をする女の子はそうではない。

昼間っから盛って王女様とセクロスに励んでいたユーリに、絶妙なタイミングで声がかけられた。

「勇者様、他の部屋のご案内が……」

「あ、クレア。うん、了解。じゃあルナリア……ちょっと、行ってきていい？」

「ふぁ……あ、ええ、行ってきて……わたし、少し休んでいるから」

「……なんかいろいろすみません……」

クレアは出来るメイドである。実のところ、二人が寝室で行為に及んでいる間、ずっと扉の前で控えていたのだ。そして行為がヒートアップし、一段落したところを見計らって声をかける。

ルナリアが失神するような事態を避ける、見事な配慮だった。

「こちらは勇者様の自室で御座います」

「おっ、これは落ち着いてていいね」

寝室はとにかくゴージャスな作りで、金色の彫像が置かれるくらい派手だったが、自室はとてもシックな作りだ。広さもテニスコートということはない。

それでも、ホテルのスイートくらいはある。ユーリも感覚が麻痺していた。

「こっちにもベッドがあるんだ」

天蓋付きの、キングサイズのベッドだ。十分デカいが、寝室のに比べれば、ちゃんと規格内である。天蓋から下がる、半透明のヴェールがなんだかいやらしかった。

「こちらは……その、勇者様がお一人で休みたいときや、ご婦人とひっそり逢い引きを楽しまれるのにお使い頂ければ」

肉体関係にあるメイドに、堂々と女遊びに使えと言われ、ユーリはギョッとしてしまう。一夫多妻が残る世界だし、あんまり浮気という感覚は無いのかな、とチラ見する。

クレアの横顔に変化は無い。相変わらず、清楚で、貞淑で、真面目そうな表情だ。ユーリの気持ちには気付かず、「こちらには本棚が」「テーブルはこの位の高さのもので良かったですか？」と、家具の紹介を始めるくらい。

「あ、うん……」

ユーリは気もそぞろに、家具の紹介を聞き流した。さっきの発言が引っかかったのもあるが、クレアの立ち姿に目が行ってしまうのもある。

クレアはいつもの、クラシカルなメイド服を、襟元まできちんと隙無く着こなしている。スカート丈も長く、全く露出の無い服装である。

が、その下の豊満なボディラインが隠れるわけではない。背を伸ばしたり、屈んで引き出しを動かしたりするたび、エプロンドレスの下で大きなバストがゆさゆさ揺れたり、むっちりヒップがぷりんと突き出したりする。

ましてや、ルナリアとの行為を切り上げ、言わば種火が燻った状態のユーリだ。ムラムラして、つい後ろから彼女に抱き付いてしまう。

「あっ……」

「ねえクレア、そのベッド……メイドさんを夜伽に呼んでもいいんだろ？」

「も、もちろん、ですっ……ですが、その、陽が落ちて、から……」

「今更じゃんか」

「この後も、ご案内する場所が、残って……ひゃうっ」

うなじを舐め上げられ、クレアが甘い喘ぎ声を出す。同時に、いきり立ったモノが豊かなヒップに押し当てられた。グリグリと強引に押し付けられるそれを感じ、クレアはユーリがご機嫌斜めだと察した。

犬の機嫌が尻尾で分かるように、ユーリの機嫌はち○ぽで分かってしまうのだ。本人も知らぬ、悲しき事実であった。

「……お怒り、なのですか？」

恐る恐る尋ねるクレアに、ユーリは少し冷静さを取り戻す。

「いや、そういうんじゃなくて……俺、クレアのことも大事だから。そのベッドに呼ぶ相手に、クレアが入ってないような言い分は、嫌だな」

「勇者、さま……」

いけない。

クレアは後ろを向いていることに、心底安堵した。今の自分の顔は、とても見せられたものではない。きっと、ひどく蕩けた雌の顔を晒しているに違いなかった。

「そんなことを言われたら、私……もう……ぜんぶ、捧げたくなってしまいます……」

献身的なメイドは、あっさり落ちてしまった。もう男の腕に身を任せてしまいたい気持ちでいっぱいで、けれども頭の何処かで、この後の予定も考えていて。

それで出した結論は、ユーリにとっても意外なもの。

「それでは、一緒に机の高さを確かめませんか……？」

そう切なそうに言われ、ユーリは全てを察した。察してすぐに、クレアを連れて机のところまで歩いて行く。

まだインク壺も何も置かれていない机の上。クレアはそこに上体を預け、うつ伏せになって尻を向けてくる。

ユーリは長いスカートを捲り上げて、背中いっぱいに広げると、白くて大きなお尻を剥き出しにした。

肉付きが良く、ぷりんと丸く、すべすべのヒップにショーツが挟み込まれている。それを引っ張り、引きずり下ろして、亀頭を入り口に持って行った。

「あっ……丁度いい高さだ、これ」

「良かったです……んんっ」

別に後背位のために作った机ではないのだが、サイズはジャストフィットである。だがそれ以上にぴったり来るのは、突き出されたクレアのヒップと、柔らかなヴァギナ。

「クレア……」

「んっ、太くて、硬いです……」

女体の一番深いところまで楔を打ち込み、肉感豊かなヒップに下腹部を押し付ける。太古から続く、交尾の姿勢だ。男性が女性の気持ちいい穴を使う、一方的な体位。

ユーリは性急に腰を動かして、メイドのヒップにパンパン打ち付けた。柔らかな肉襞を雁首が擦り上げ、クレアの口から切り裂くような嬌声が迸る。

「んああっ、はあんっ！　勇者様の剣が、私の中、突き刺さって……！　ひゃうんっ！」

収まりも具合もいい女の鞘を、勇者の剣が抜き差しする。長くて、硬くて、反り返ったモノが往復運動を繰り返し、膣でしごいて気持ち良くなろうとする。

逢い引きとか、夜伽とか、そんな持って回った言い回しよりも、ただ、交尾と呼ぶに相応しい行為。

結合部からは、激しく掻き回された愛液が、白く泡立って漏れている。

ずぽずぽ、ぬちゅぬちゅ、卑猥で露骨な音を立て、燃えるような営みはすぐに絶頂に至った。

「うっ、出るっ、中に出すよっ」

「あうっ、んんっ」

どくどくどくっ。

まだまだ元気を失わない、勢いの良い放出。男の器官が迫撃砲のように動いて、固練りの精液を砲弾のように打ち込んでいく。

クレアの肉体は、もうすっかり降伏し、隅々まで征服されてしまっていた。

「ふぁ、んああ……熱いの、出てますっ……♡」

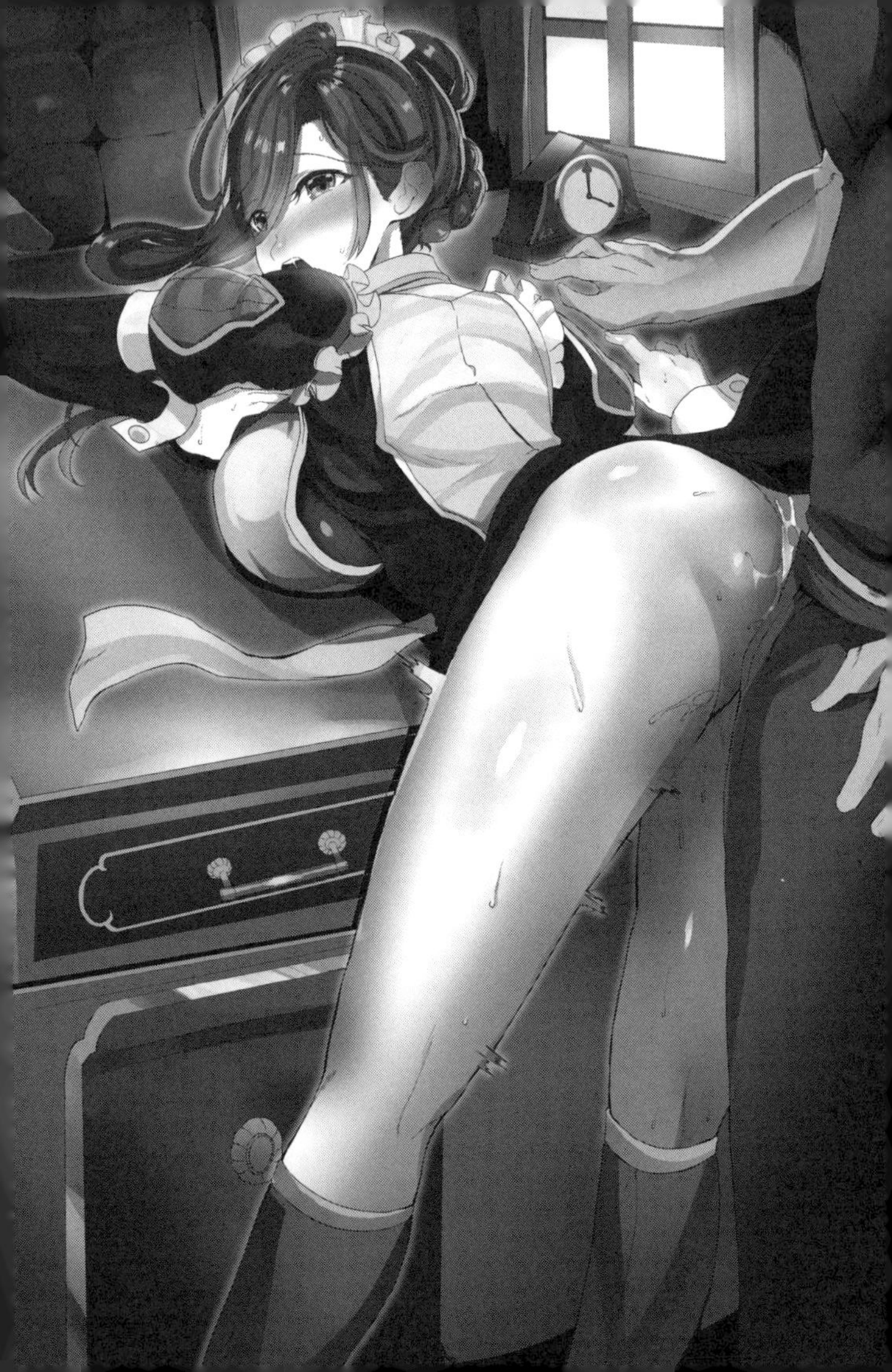

机に縋り付き、整った顔をトロ顔にして、はしたなく喘ぐメイドさん。

ザーメンと一緒に嫌な気持ちも吐き出して、ユーリはスッキリ気分を良くし、耳元で甘ったるい言葉を囁く。

「クレア可愛いよ、クレア……ちゅっ」

「んあっ、私も、私も大好きです、勇者さまぁ……」

ザーメンを受け入れて緩んだヴァギナが、再びきゅんきゅん締め付けてきて、ユーリは危うく二回戦に突入するところだった。


「……し、失礼しました、勇者様。まだ時間もありますし、次の場所にご案内します」

「う、うん」

二人でそそくさと服を整え、行為の痕跡を消す。幸い、ぴったりくっついたまま中出ししたので、体液が飛び散ったりはしていなかった。

ただ、ユーリの太ももには、愛液がバッチリ飛んでいたが。

下腹部にホカホカの精液を納めたまま、ショーツを穿いてスカートを整え、見た目は隙のない侍女姿に戻るクレア。

その後を付いて歩きながら、ユーリはつい、ニヤニヤ笑ってしまう。

（あー、今クレアの中に俺のが入ってるんだ……漏れないのかな、あれ）

（どうしよう、勇者様のお種が、私の中、入ったままです……）

割と似たもの同士の二人である。

そんなこんなありつつ、クレアに連れられて、離宮を歩いて回る。

その広さと部屋の多さに、ユーリは圧倒されっぱなしだった。案内されなかったら絶対迷子になるだろう。

「あれ？　この先は……工事中？」

「そちらは子供部屋になる予定です」

「……うん、その、なんだ。あんまり、急がなくていいんじゃないかな」

夕暮れ時まで離宮を見て回り、最後に案内されたのはサロンだった。広々として、優雅で、そこかしこに花が飾られ、そして見知った顔ばかり。

「……マジすか……」

ユーリは崩れ落ちそうになった。

なにせヴェラを筆頭に、夜会で手を出した令嬢方が揃い踏みである。

内緒にしようって言ったじゃん！　と叫びそうになるのを、何とか呑み込む。

「ど、ドミニナ様……これでは、下着の意味が……ひ、開いちゃってるじゃないですか！」

「レジーナ嬢、わたくしのことはヴェラで結構ですわ。ふふ、わたくしたち、身分は違えど同じ立場ですもの。それで、このデザインですけれども……そもそも殿方は、脱がすために下着を着けさせるのですわ。なら、最初からチラ見せしてもいいのではないかしら？」

一際大きなテーブルを、何とヴェラとレジーナが隣り合って、何やらスケッチを見せ合っているようだった。

周囲を他の令嬢が取り囲んで、きゃーきゃー嬌声を上げながら、ずずいっとスケッチに見入っている。

「ど、どもー……皆、元気そうで……」

そこに声をかけに行くユーリ。なけなしの勇気を総動員している。

なにせ、サロンにいるのは全員、肉体関係を持った間柄なのだ。しかも、全員が処女だった。穴兄弟ならぬ、竿姉妹である。

「きゃっ!? ゆ、勇者様！　あらいやだ、わたくしとしたことが、ついお話に夢中になってしまいましたわ……」

「す、すすっ、すみません勇者様っ！　ご挨拶が遅れてしまい……！」

とかなんとか言いながら、二人は大慌てでスケッチを回収。レジーナの持ってきていたバッグに突っ込んだ。

ヴェラは何事もなかったように、扇子を開き、赤くなった顔を隠しつつ微笑む。

「ふふっ、失礼しましたわ。レジーナさんとのお話は楽しくて、つい盛り上がってしまいましたの」

「わ、私もヴェラ様のお話が面白くて……」

扇子で顔を隠すという貴族芸が使えるのは、ヴェラだけだ。レジーナは頬を赤く染めたまま、ひどく恥ずかしそうにしている。

何だか下ネタっぽい話だったし、ユーリは自分から話題を変えた。

「それにしても、皆なんでここに……その、えっとさ」

秘密にしようって言ったよね、と言外に含める。するとヴェラは、パチンと扇子を閉じて、にっこり笑った。

「ふふ。勇者様が離宮にお暮らしになると聞きまして、わたくしたち、お伽衆として集められましたの。皆、それぞれに特技がありますのよ？　お裁縫が上手な子も、教養に通じた子も、楽器が得意な子も……挙げ出すとキリがありませんわ。少しでも、勇者様の生活が楽しくなるよう、微力を尽くすつもりですの」

ユーリは色んな意味で感心した。こう、取って付けたような白々しい理屈を、滔々と述べてみせるヴェラの度胸に。そして、特技を挙げるとき、令嬢たち一人ひとりの顔をしっかり見て、ウインクまでしてみせる気配りに。

自信家でプライドの高いお嬢様だが、悪人ではない……どころか、随分人望がありそうである。

「ヴェラ様の仰る通り、国王陛下も喜んでお認めになっておりました」

そこにクレアが口添えをして、ユーリはいろいろと諦めた。それに何だかんだ、ヴェラのことは好きなのだ。

「サンキュー、ヴェラ。助かるよ」

「!?　ふ、ふふふっ、もちろんですわっ！　勇者様に喜んでもらえて、わたくしも……！」

お礼一つで顔を真っ赤にして、にへらと笑ってしまうヴェラ。実にチョロい。

§

「ふー、やっと落ち着いた……」

風呂場と呼ぶには、あまりにもだだっ広い大浴場。大理石作りで、夜でも魔石灯によって明るく照らし出されている。

そんな広い湯船を独り占めし、ユーリはリラックスしていた。

「夕飯はアレだったしなあ」

思い出すのは、夕方にセッティングされた晩餐会のこと。

左右をルナリアとヴェラに挟まれ、周囲を令嬢たちに囲まれての夕飯は、『注文の多いレストラン』の物語を彷彿とさせた。

牡蠣だの亀だの、いかにも精の付きそうなものばかり勧められるし、『あーん』以外では口に入れさせないという、強い意志が感じられた。

性的に食べちゃう準備をしようと、虎視眈々と狙ってる感じが、すごい。

今夜の夜伽への意識の高さが窺えてしまう。お伽衆、ネーミングが露骨すぎる。

挙げ句の果てには、ワインにナルクを混ぜられていた。

「こうすると、食欲も増すし、あっちの方も、ね……？」などと、露骨に流し目を送られ、おっぱいを押し付けられては怒ることも出来ない。

犯人はルナリア。今夜は絶対、寝込みを襲ってやる。

そんな決意を固めていたところ、何やら入り口からきゃあきゃあと黄色い声が近付いてくる。

まさかな、まさか。近くに女風呂があるのだろうと、淡い期待を抱いていたユーリであるが、そんなワケもなく。

「勇者様、お背中を流しに来ましたわ♪」

黄金の髪を輝かせ、ヴェラを先頭に令嬢たちが入ってくる。

目移りするばかりの、肌色の集団。いや、皆一応、タオルを巻いているのだが、それでも。

主張する上乳に、あらわな太もも。

ディナーの間中、性欲をグツグツ煮立てられた上で、この仕打ち。

「って、おい！」

ユーリは怒り、立ち上がった。立ち上がり、股ぐらのモノが元気に勃ち上がっていたのに気づき、慌てて風呂に入り直した。

それを令嬢たちは、きゃっと目を隠すフリをしつつ、ガン見していた。

「ふふっ、お休みのところをお邪魔してしまい、すみません。お詫びにお体の隅々まで綺麗にしますから、こちらへどうぞ」

さも当然とばかりに、ヴェラが歩み寄ってきて、手を引いてくる。燃えるような金髪を、結い上げて束ねた姿は、いつもと違う色っぽさ。

白いうなじを追っているうちに、気付いたら湯椅子に腰を掛けていた。勇者の怒りは、一秒と持続しない。

「お背中、流しますわね」

「う、うん」

手際よく石鹸がかき混ぜられ、嫋やかな指が背中に泡を塗りつけていく。

そうして、背中が泡まみれになったところで、白々しい一言。

「あら、スポンジがありませんわ。困りましたわねえ……」

全然困って無さそうな声色である。

後ろから、ふぁさりとタオルが落ちる音がして、ユーリはオチが読めた。読めていたが、準備は出来なかった。

「すみませんが、天然のスポンジで……♡」

「おほっ」

むにっむにっ。

当ててるとか、押し付けるとか、そういうレベルでは最早ない。瑞々しい乳房が背中に潰され、乳首が擦れるのが、はっきり分かってしまう。

「んんっ、世界を救った背中ですわ……ふふ、念入りに綺麗に致しますわね」

夢の女体洗い。おっぱいスポンジがぷるぷる背中を行ったり来たり。むにゅりと潰れて背中を擦る、その幸せな柔らかさといったら。

「すげえ、天国……」

「ふふっ、お気に召したようで嬉しいですわ。それでは前も……」

「おおうっ」

白魚のような指が、ガチガチに勃起した竿に触れる。つんつんと、硬さを確かめるように触れてから、優しく亀頭を撫でた。

ベトベトの先走りが、令嬢の指を汚す。

「まあ、ネバネバがたくさん。これは、前の方も念入りに洗わないといけませんわ」

そうして、さも当然のようにユーリの前に回ると。

跪いたまま、両手でおっぱいを持ち上げるようにして、そのまま勇者の股ぐらへ。

白くて丸い双球に、いきり立つモノを挟み込んでしまう。紛うことなきパイズリである。

「わ、わっ、すごっ」

「んっ、勇者様の、カチコチで、とっても熱いですわ……お胸が、火傷してしまいそう」

ふぅ、ふぅっと、わざとらしく亀頭に息を吹きかける。

あまりにもあざとい手管。しかしユーリは、人生初パイズリの感動に、抵抗する気力を根こそぎ奪われていた。

すべすべで、むにむにのおっぱいが、竿を挟んで上下に扱いてくる。十代の瑞々しい乳房で、男根を挟み込まれる、この感動。抗えるものではなかった。

「ああ、ヴェラ、ヴェラッ！　気持ちいい、おっぱい気持ちいいよ」

「ふふっ、先っぽからお汁が沢山漏れていますわ。んっ、はむっ」

ぺろぺろ。猫が水を舐めるように、舌を伸ばして先走りを舐め取るヴェラ。

卑猥なち○ぽに奉仕して、男の自尊心を、これ以上ないくらい高めてくれる。

ユーリはその頭を撫でて、万感の思いで感謝を伝えた。チョロいヴェラは、それだけで大喜び。

ますます熱心に乳房を揉みたて、左右から抑え付けるように挟み込んで、ペニスをマッサージしてくれる。

限界に至るのは、あっという間。

「あっ、出る、出ちゃうっ！」

「ひゃんっ！」

びゅくびゅくびゅくっ。

熱くて生臭いモノが、勢いよく飛び出して、美しい髪の毛、綺麗な顔立ちを汚していく。どろりと垂れ落ちる精液を、ヴェラは嬉しそうに浴びていた。

「あん、濃いのがいっぱい……すごい匂いですわ」

そんなことを言いながら、白濁液を塗り込むように、おっぱいをぐにぐにと動かした。射精して、小さくなり始めたペニスが、瑞々しい乳房に挟まれ埋もれてしまう。

事後まで非の打ち所がないマッサージ。散々焦らされた後にスッキリして、ユーリは開き直った。向こうが誘ってきたんだし、ヤれるところまでヤってしまおうという、ヤリチ○思考であった。

「わたくし、少し身を清めて参りますわね……」

そう微笑んで、そそくさとヴェラが姿を消す。

なんと浴場には、併設して『乙女の洗い場』なる設備があり、そちらで丹念にからだを洗うことが出来るそうだ。

設計からして、浴場で『そうなる』ことを想定しているあたり、隙が無い。そしてそれを目の前で実践され、ユーリのきかん坊はむくむく元気になってしまう。

「……勇者様、まだ辛そう」

赤毛のイレーネが、顔を真っ赤にしながらそれを見つめてくる。

そして意を決したように、ユーリに身を預け、大胆な言葉で誘ってきた。

「ね、洗いっこ、しませんか？」

こんなの断れるわけがない。

「んっ、勇者様、手つきがいやらしい……」

「イレーネこそ、腰がくねって……おほっ」

イレーネはユーリの脚の間に腰を下ろし、からだを洗ってもらっていた。それはもう丹念に、若い膨らみを揉み洗う勇者である。胸の谷間などは、執拗なほど丹念に、繰り返し指を滑らせ。

それに負けじと、イレーネも後ろを向いたまま、ぷるんとした桃尻で元気なペニスを擦り洗いしていた。有り体にいえば、尻コキである。

男女が風呂に入って、洗いっこをしていたら、つい合体してしまった。

これはもう仕方がない。そんなわけで、流れるような自然さで背面座位に移行すると、後はもう、火が点いたように繋がり合う。

「だって、勇者様の、ずっと欲しかったんだもん……！　私、あの夜からずっと、勇者様のことが……」

「イレーネっ」

「ひゃうっ！」

健気なことを言う美少女を、ぎゅっと抱きしめ、力強くパンパンする。女の子の穴も、きゅうきゅうペニスを締め付けて、子種を貰おうと絡み付いてくる。

デリケートな部分どうしの、生密着。粘膜が粘膜を擦り、恥ずかしいところをくっつけ合っての、気持ちいい行為。

「はむ、ぺろぺろっ」

「あんっ、そこ弱いんです、勇者様っ！」

イレーネの、ポニーテールに揺った赤毛がぶらぶら揺れ。真白いうなじが目についていて、ついペロペロ舐めてしまう。すると全身がぷるぷる震えて、勇者はまた一つ、彼女の弱点を見つけてしまった。

けである。

ただし、瑞々しくてキツキツのおま○こが、更にきゅんきゅん締め付けてくるので、痛み分
「美少女は、どこを舐めても美味しいなあ」

「んっ、私、デザートじゃないですっ……！　ひゃうっ、ああんっ」

実際、デザートにはまだ早いのである。

すっかり自分の世界に入りきった二人の周囲では、次の番を待ち構えるお嬢様方が、顔を
真っ赤にしながら行為に見入っているのだ。

「はう、んんーっ！」

「おふっ」

どぷどぷどぷっ。

熱く煮えたぎった精液が、健気な少女のお腹に流し込まれる。イレーネの顔を振り返らせて、
ちゅ、ちゅっとキスをしながら、ユーリは膣内射精の気持ちよさに浸るのだった。

「ふぅ……」

なんとか頭を冷まして、きちんと身体を洗う。そうして皆で風呂に浸かっていると、『乙女
の洗い場』からヴェラ、ルナリア、それにクレアもやって来た。

もはや取り繕う気も無さそうで、タオルさえ巻いていない。

「勇者様、聞きましたわよ。王女殿下とクレアさんには、お昼のうちに精をお注ぎになったと
か」

ぶっと噴き出しそうになるのを、必死に堪える勇者。そこにルナリアが、追い打ちをかける。

「さっきまで、三人で洗いっこをしていたんだけど。わたしもクレアも、昼間頂いたものが、出てきちゃって困ったわ」

「こんなに注いでもらったんだ、と思ったら、もう嬉しくなってしまいました」

常にも増して、露骨なことを言い出す三人。よく見ると、なんだか顔が赤い。羞恥とは違う赤みである。

「ま、まさか、酔ってる？」

「あら、酔っていませんわ。そう、イレーネさんとお楽しみになっている声を聞かされて、自棄になってお酒を頂くなんて、淑女のすることではありませんもの」

「そうそう。わたしたち、酔ってなんてないの。ただ、お腹がポカポカして、またユーリ様のお種が貰えたらなあ、って思ってるだけ」

「ルナリア様の言う通りです。私もお酒を頂いたのは、嗜むほどで。ただ、勇者様にご家族を作って差し上げたいという気持ちが、とても、切ないくらいに大きくなって……」

ぬぷり。

抱き付いてきたクレアが、湯船の中で結合してしまった音。

あまりにも自然な挿入に、ユーリは何も出来なかった。とても聞き捨てならない台詞の後で、硬直していたのもある。

「ああん、まだ大っきい……♡　勇者様、私、頑張って赤ちゃん作ります！　このはしたないメイドに、どぴゅどぴゅお情けを注いでくださいっ！」

体面座位で、ちゅ、ちゅっとキスをされながら、一方的に腰を動かされるセックス。激しい動きに、水面がバチャバチャ音を立てる。

普段の清楚な姿からは、想像も付かない積極的なセックスだった。

酔った女性を介抱するのは、男の務め。

そう自分に言い聞かせ、ユーリは大喜びで腰を振った。周囲はもう、見渡す限り肌色で。いつの間にかすり寄ってきた女の子達の柔肌が、背中に左右にくっつけられて、もう全身が気持ちいい。


（でも、赤ちゃんは不味いよなぁ……）

（いや、どうせ簡単には当たらないし、こんなに欲しがられてるし……！）


しょうもない葛藤は数秒で終わってしまう。ま、後で考えればいっか、と問題を先送り。頭の中をピンク色に塗り潰し、クレアの背中に手を回して、互いに抱き合ってのらぶらぶえっち。

大人の女性のヴァギナは、十代の少女たちとは違った魅力がある。貪欲で、淫らで、魅惑的な絡みつき方。時に焦らすように、時に激しく蠢いて、一滴残らず子種を搾ろうとしゃぶりつくのだ。

献身的なおま○こを行ったり来たり、そう我慢できるはずも無く、ユーリは思いきり中出しした。

「あはっ、勇者様の、いっぱい出てます♪　元気な赤ちゃんの素が、私の中に、溢れそうなくらい……♡」

蜜の蕩けるような声で、クレアがうっとり囁く。びゅー、びゅーっという射精音が、触れた肌から伝わってくるよう。メイドのお腹に、たっぷり放出してしまった実感が湧く。

そうして、またやってしまった、と賢者タイムが訪れた。

一時的に魂が自由になり、危険な罠に気付いたユーリは、自分がすっかり絡め取られていることに気付く。いけない、これではいけないぞ！　と思ったところで、左右から絡み付いてくる二人の美少女。

「もう、クレアさんは愛されてますのね。わたくしも、勇者様の血筋を残したいですわ。さっきわたくしにかけられたモノを、今度はお腹の中に、ね？」

「私もユーリ様の子供、作ってあげたいわ。ね、何も考えず、気持ちよくなりましょ？」

おっぱいを押し付けられ、耳元で熱い吐息を吹きかけられ。あまつさえ、子作りを求められる。
○．五秒ほどの賢者タイムは、あっさりと吹き飛んでしまう。
代わりにやって来たのは、怒りにも似たやけっぱちな感情。

「二人とも、立ち上がって、尻向けてよ。お望み通り、子作りザーメン、たっぷり流し込んでやるっ」

浴槽の壁に二人を立たせ、猛然と、種馬のような強壮さでパンパン腰を振りまくる。ふたつの気持ちいい穴を抜いたり挿したり、味くらべをしながら交互にピストン。

やんごとなきお姫様と公爵令嬢は、あられもない声を出し、はしたない顔をして。

競争するようにヒップをふりふり、オスの遺伝子を頂こうと、女の全てを尽くして奉仕してくる。

「ああん、抜かないでっ……！　わたくしの、わたくしの中に……！」

「行っちゃダメ、ユーリ様ぁっ。ね、この穴にいっぱい出してっ」

こんなに可愛くて綺麗な女の子達が、自分の遺伝子ほしさに尻を向けてくるのだ。二〇過ぎの男の理性と、オスとしての生殖本能がせめぎ合い、後者が秒速で勝利を収めるのは当然だった。

「おお、あうっ」

「あはっ♪　わたしの中、入って来たっ」

限界が近いことを察知したルナリアのおま○こが、ペニスをがっちり締め付けて、くわえ込んだまま射精を促す。ユーリはさして抵抗もしないまま、精子を欲しがるおま○こに生中出しをした。

バカみたいな顔をして、びゅるびゅる精液を吐き出して、ほっと一息を吐く。

「もう、勇者様は意地悪ですわ……わたくしに、あんなにおかけになって。なのに、お腹の中には、出して頂けないなんて」

「大丈夫、次はヴェラにするから」

まだまだやる気が収まらないユーリだった。

播種本能がフルスロットルになり、周囲の女の子がぜんぶ、『そういう』相手に見えてしまう。ヴェラの次はあの娘、その次は……と、無意識に品定めをしていた。

「のぼせると悪いし、続きはベッドにしよう」

そろそろ浴場を後にして、互いにタオルでからだをフキフキ。デリケートな部分の水滴を拭き取られ、モノを硬くしながら寝室へ向かった。

テニスコートほどもある寝室に、裸の令嬢たちがひしめき合う。それは想像を絶するほど、ゴージャスな光景だ。

昼間使い心地を確かめたベッド。その上にお嬢様たちが集まり、しどけなく横たわって、勇者にのし掛かられるのを待っていた。あられもなくさらけ出された、瑞々しくて綺麗な裸体。

男の欲望を逆なでに逆なでして、火に油を注ぐような、露骨な据え膳。勇者の喉が、ゴクリと鳴る。

「そ、それじゃあ、約束通り……！」

まずはヴェラの肢体へ覆い被さり、お望み通りの種付けピストン。

「ああんっ、こんなに、こんなに元気だなんて！　凄いですわ、勇者様っ」

今度こそ、ユーリは彼女の期待を裏切らなかった。たっぷり粘膜を擦ってアンアン言わせると、熱い蜜穴の中をザーメンで溢れさせる。

その夜、ユーリはハッスルした。シーツの海に並ぶ、裸の乙女達に片端から抱き付いて、男の味を思い出させてやった。

きっちり全員に種をまいて、眠りについたのは朝日が差す頃。その体力は、流石救世の勇者だけはある。

こうして、いろいろと先が思いやられる一日目が終わったのだった。

第三章　勇者のデリケートなお悩み相談

離宮は危険に満ちた場所である。

住み始めて一週間が経ち、ユーリはそれを思い知っていた。

「お早うございます、勇者様っ♪　ふふっ、朝からこんなにお元気ですわ……」

「おほっ」

毎朝、巨大なベッドで目を覚ますと、もう瑞々しい女の子の匂いに包まれている。周囲はどこを見ても、魅惑の肌色。全身に絡み付く、女の子の柔らかな肉感。

朝勃ちするのは男の生理だが、それを見逃さず、果敢にスッキリさせてくる美少女たち。

ユーリの一日は、始まりからして爛れていた。

今朝はヴェラが、積極的にち〇ぽを咥え、高貴なお口でフェ〇チオをしてくれる。

「ちゅぽ、じゅぷっ、ふぅっ……うふふ、こんなにカチコチだなんて。昨夜は、あんなにいっぱい出されていたのに、凄いですわ」

種馬だと褒められて、ユーリはちょっとゲンナリする。ゲンナリしたので、彼女を抱き寄せ、高貴なからだをベッドに押し倒した。きょとんとする美少女の唇を奪って、朝から膣に男性器をインサート。

「んっ!?　はむ、ふぅうっ、勇者さまぁ……」

挿入されて一秒でチ○ポ堕ちしてしまうのが、ヴェラの可愛いところである。ユーリは朝から、せっせとピストンに勤しんだ。

一事が万事、こんな調子なのである。ち○ぽが乾く暇も無い、とは言うが、それこそ毎時間、誰かのおま○こに突っ込んでいるような有様で。下手をすると、抜いている時間の方が短いのではないかという疑惑すらある。

一度は、クレアに挿入したまま眠ってしまった。最高の抱き枕である。朝起きて、朝勃ちがジャストフィットしていたのに驚いたものだ。

もちろん、こんなことではいけない。

いくらユーリが間抜けでも、三日もすれば危険性に気付く。何せ三日間、おま○こにち○ぽを突っ込む以外のことを、ロクにしなかったのだ。が、肌色の天国からは抜け出せず、気付けば一週間が過ぎていた。

健康的で最高だが、文化的ではない生活。

そんなことを考えながら、気持ち良く腰を振っていると、ヴェラが頬を膨らませる。

「もう、別のご婦人のことを考えてらっしゃるのですか？　睦み合っている間くらいは、わたくしのことだけ、見てくださいませ」

「お、おっと、ごめんごめん。ちょっと、今までのことを思い返してて」

「いろいろ大変なこともあったと思いますわ。でも大事なことは、これからです。ね、これからは、気持ちいいことばかりですわよ？」

意外といじらしいところのある少女なのだ。合わせて、絡み付く腕の力が強まり、貪欲な膣がペニスを締め付けてくる。甘美な摩擦が呼ぶ、震えるような快楽。ユーリはうっとりして、ぐっぽぐっぽとモノを抜き差し、蕩けるような気持ちで射精した。

誇り高い公爵令嬢の子宮に、朝の一番搾りを流し込んで、気分はスッキリ。

そして慌てて思い返す。やっぱり、こんなことではいけない、と。

§

「というわけで、冒険だと思うんだよ」

「もげるといいわ」

所変わって王都の繁華街。ギルドに向かう道すがら、エレミアの見事な切り捨てである。

「まあ、その、なんだ……余はなんだか、コメントし辛い。少なくとも、外に出ようと思っただけ、貴様にしてはマシではないか？」

「ううむ、発情期のウサギとか、ネズミを思い出すのう……」

酷い言われようだった。

しかし、この一週間の有様を思い、ぐうの音も出ない勇者である。

さて、そんなしょうもない理由でやって来た冒険者ギルド。

「俺たちも、依頼が受けられるようになったんだぜ。ちょっと見てみよう」

「ふむふむ……ゴブリン退治に、商人の護衛に……お、地走り鳥の討伐依頼があるぞ。あれは肉が美味いのだ」

「ちょっと、狩猟生活送るのが仕事じゃないのよ。ちゃんと考えてよね」

壁に貼り付けられた依頼を、上から下まで物色する。その様子を遠巻きに、受付嬢は大きくため息を吐いた。

「あの、皆さん。Fランクで受けられる依頼は決まっていますから、ちゃんと確認してくださいね。地走り鳥の討伐依頼は、Eランクからです」

「え、そうなのか。仕方あるまい、では他に美味そうなモンスターが出てくるものを探そう」

「それより、簡単な依頼をこなして、手っ取り早くEランクになってしまうのはどうじゃ？ほれ、このドブさらいの仕事は、誰でも出来そうじゃし」

もはや、冒険でも何でも無い、単なる雑用依頼である。

しかしアガメムノンの言い分も一理あるので、ユーリ達はひとまずドブさらいの依頼を受けることにした。依頼票を剥ぎ取って、受付嬢のところに持って行く。なお、おっぱいが大きくて、美人のお姉さんだ。

「はい、それでは正式に依頼しますね。討伐もいいですが、まずはこういうところから、信頼を積み上げるのが進級の近道ですよ」

「ぐぬぬ、余はこういう、地道な努力とか超苦手なのだ……こう、パーッと、強いモンスターをぶっ倒して二、三個ランクを飛ばしたりは出来ぬのか？」

「そういうことを言う方は、大抵早死にしますよ?」

にっこり笑うが、言ってることはキツい。

こうして四人は、町外れへドブさらいに向かうのだった。

§

「いやー、ホント楽な仕事だなあ」

「うむ。ただ見ているだけでいいのだからな」

「いやはや、今日は良い陽気じゃわい」

人気の無い町の裏通りで、民家の壁に背を預け、呑気にサボる三人。

それをエレミアが、ジト目で睨む。睨むのだが、彼女もサボっているので、似たようなもの。

「貴方たちね、一体誰が働いていると思っているの?」

「そりゃ、その……なあ。お前の部下じゃん!」

「貴様の配下であるな。決して貴様ではない」

せっせとドブさらいに励むのは、全身黒ずくめの、人間……らしきもの。

汗もかかなければ息もしない、エレミア配下のアンデッド軍団であった。

その働きぶりは勤勉の一言だが、瞳は赤く不吉に輝いているし、時々シュコーシュコーと悪役っぽい声を漏らすのが玉に瑕。

「じゃあ引き上げて、貴方たちにやってもらいましょうか？」

「エレミアって超有能だよな！　不死女王だけあるよ！」

「考えてみれば、配下の手柄は主のもの。今度いい酒を用意しようでは無いか、うむ」

「ふん、じゃあ……分かってるわね？」

「へいへい。じゃあ俺、屋台で食い物買ってくるよ」

「余は喉越し爽やかなエールを探してくるとしよう」

昼間っから酒を飲む気満々の四人。既に働く気は毛頭ない。いっそ清々しいサボタージュっぷりである。


「うわっ、アンデッド！　何でこんな所にっ……って、この間の兄ちゃん達？」

路地裏に入ってきた少年が、ドブさらいに勤しむ死者の尖兵を見て、素っ頓狂な声を上げる。

見れば、薬草探しで知り合った少年冒険者だった。

その顔には「またこいつらか」と書いてある。

「あ、あの時はサンキュー。助かったよ。俺たちこうして、ちゃんと冒険者出来るようになったんだぜ！」

「ちゃんと……？」

彼の常識からすると、普通のネクロマンサーは町中でアンデッドを召喚しないし、ましてや雑用を片付けさせたりは絶対しない。

万が一制御から外れたら、目も当てられないからだ。

「なあ兄ちゃん達、助けてもらったよしみだから言うけどさ……あんまり、町中でアンデッドは召喚しない方がいいよ」

「そんな、嘘でしょう！　これでFランクの依頼は、粗方片付くと思ったのに……！」

「粗方って……お姉ちゃん、何考えてたのさ」

「だってこいつら疲れないんだし、掃除洗濯、お使い雑用、何でもござれでしょ？」

タイミング良く、アンデッドの一体が「グルルル……」と唸った。生者を恨んでそうな唸り声だが、恨んでいるのは多分上司である。

「ひえっ、いや、ダメだろそんなの！　こんなのが手伝いに来たら、依頼主さん卒倒しちゃうよ！」

「ふははは、少年、余もそこは考えがある。まず余とユーリでそれっぽくやる気アピールをして、いい顔をしておく。そして依頼主がいなくなったタイミングで、エレミアがアンデッドを呼ぶ。仕事が終わったら、さも大変だったという顔で戻れば良いのだ。冴えているであろう？」

「それバレたら降格ものだから、絶対止めてね」

少年はマジ顔でルキウスをいさめた。

「ところで、何でこんなとこに？　この辺に住んでるの？」

「うん、まあ、そんなとこ。世話になってる孤児院が、近くにあるんだ。今月の稼ぎを入れに行こうと思ってさ」

　照れ臭そうに頭の後ろを掻きながら、さらりと答える少年。

　その余りにも立派な姿に、四人が直射日光を浴びたヴァンパイアみたいにのけぞった。

「ぬおおお、光が、眩しい……！　余の闇が、闇が照らされてしまう……！」

「くっ、これ何気にダメージ入るわね……何もやってないのに、この罪悪感は何なの……！」

「落ち着け、俺たちは、何も、悪いことはしていない……！」

「むしろ、何もやってないのが問題なのじゃ……！」

　片や、仕事サボって酒を飲んでた大人が四人。片や、今月の給料を孤児院に入れる勤労少年。

　あんまりな落差が、ロクでなし共に突き刺さる。

　と、そのとき。

「おおう、今月のみかじめ料はどうなってんだ、ああ!?　払えないなら、さっさと出て行ってもらうぜえ！」

「そんな、値上げだなんて、聞いていません……！」

　表通りから響いてくるのは、何ともテンプレなやり取りである。

　ユーリはピンと来た。

「なあ、その孤児院って金に困ってる？　それに、地上げ屋に狙われてたりしない？」

「そ、そうだよ！　だからオレ、冒険者になったんだ！　くそっ、あいつら……」

　顔を引き攣らせ、少年が走り出そうとするのを、ユーリが引き止める。そしてここぞとばかり、渾身のどや顔で叫ぶのだった。

「セオリー通り！　だったら、もちろん俺たちの出番だよな！」

少年は違った意味で、顔を引き攣らせた。


「話は聞かせてもらった！」

「ククク、丁度良いところに……じゃなかった、実にタイミング良く……でもない、運が悪かったなチンピラどもよ！　余が居合わせたのが、運の尽きよ！」

「わしら、サボりが後ろめたい……ではなく、義憤に燃える通りすがりの冒険者パーティーじゃ！」

「なんかもう、罪悪感凄いし、誤魔化すのに利用させてもらうわよ！」

色々本音がダダ漏れの四人組。エレミアなど、もはや隠すつもりもない。

とにかく、罪悪感と後ろめたさを誤魔化すべく、チンピラに立ちはだかる四人組である。突然の展開に、孤児院の院長らしき中年女性と、徒党を組んだチンピラは、どっちもポカンとしてしまった。

「な、なんだあ、こいつら？　用心棒を雇った、ってのか……？」

「ふふふ、私たちはあくまで善意の通りすがりよ。でも、貴方たちを簀巻きにして沈めるくらいには、腕に覚えがあるけれどね」

「適当に全員半殺しにして、脅しつければいいのであろう？　簡単な仕事であるな！」

もうどっちがチンピラか分からなかった。よくよく考えれば、地上げ屋だってまだ暴力に訴えてはいない。脅しつけているだけだ。

一方の冒険者一行は、もう実力行使する気満々。

そして運が悪いことに、エレミアの闘志に反応して、路地裏からアンデッドがわらわらと飛び出してくる。

地上げ屋は驚愕した。一体何処の用心棒が、町中でアンデッドなど召喚するだろうか。いるとすれば、それは……。

(裏の世界の、殺し屋……！)

脚がガタガタ震え出す。自分たちは知らず知らず、別の組織の縄張りに手を出していたのでは？

そして、自分たちを消そうと、こんな頭のネジの外れたネクロマンサーを仕向けてきたのだ。彼はそう確信した。

「に、逃げるぞ！　こ、こんなところ、二度と来ねえ！」

「頭ぁっ、待ってくだせえ！」

チンピラが蜘蛛の子を散らすように逃げ出した。

孤児院の院長先生も、顔を真っ青にして隠れてしまった。

残ったのは、首を傾げる四人組と、棒立ちのアンデッド軍団である。

「あれ？　逃げられた。おかしいな、『数はこっちが多いんだ、やっちまえ！』って襲ってくるのがお約束なのに」

「私の部下が出てきちゃったから、こっちの方が増えたのよ」

「あちゃー、そうだったか。孤児院を守るミッションが始まると思ったんだけどなー」

「い、いや……孤児院は守れたよ。兄ちゃん達って、凄いんだか何なんだか、よく分かんないけど……」

少年は、はあ、と大きくため息を吐いた。

アンデッドを仕向けられた地上げ屋が、また来るとはとても思えない。そういう意味では、助かった。

でも、これから『アンデッドのいる孤児院』とか噂されないかな、と心配してしまうのだ。


なお、依頼は達成し、Eランクへ一歩近付いたユーリ達であったが。

「ところで、近くでアンデッドの目撃情報があったのですが……エレミアさん？　言うことはありますか？　ありますよね？」

「さ、さあ……ちょっと、その、何を言ってるか分からないわね……」

不死女王エレミア。ギルドの登録証に『特技：アンデッド召喚』と書いた女。

受付嬢のお小言は、三〇分ほど続いた。

§

「うわっ、今日も凄いね……お盛んだなあ」

「やっぱり勇者さまって、アッチの方も凄いのかなー？」

「そりゃそうよ、毎日コレだもん」

昼下がりの離宮、人払いの済んだ寝室のこと。昨夜の情事の痕跡を生々しく残すベッドを、三人のメイドが囲んでいた。

三人とも、ユーリの故郷なら読者モデルをやっていそうな美少女揃いだ。それもその筈で、離宮のメイドは若さと容姿を最優先に採用されている。もちろん国王の差し金である。

言ってしまえば、『いつ勇者が手を出してもいい』娘達、というわけだ。実際ユーリは、すれ違うたびにチラチラ目を泳がせていたので、国王の策略は大当たりであった。

「わ、シーツにカピカピのが残ってる……」

「時々壁に飛んでることがあるから、気を付けてね」

「はーい……わっ、ホントに飛んでる。絶倫だなあ、勇者さま」

離宮生活が始まり、一週間以上が過ぎている。それで毎日、ベトベトになったシーツやら、生々しい精液の飛んだ壁やらを、年頃の女の子達が綺麗にしているのだ。

お気楽なユーリは、まだそれに思い至っていなかったが、もし気付いていたら悶絶しただろう。

さて、セックスの後始末を思春期の、性に興味津々の少女がしているわけで。好奇心が疼いてしまうのは仕方ないことである。

「これが、勇者さまのお種かー……」

挑戦的なメイドが、性臭のする粘液を指ですくって、顔に近付け、まじまじと観察を始めた。

「わっ、スゴい匂い……んっ、どうしよ、アタシ今日寝れないかも……♡」

「ちょっと、盛ってないで仕事してよね、ジュリエット」

「だ、ダメだよジュリエットちゃん、勇者様のお大事で遊んじゃ……」

きゃあきゃあと姦しく、お喋りをしながらのお掃除。もちろん、王宮のメイドはこんな仕事ぶりでは無く、もっと折り目正しい。

しかし離宮は、容姿最優先で若い娘ばかり集めているのだ。しかも主人が、色々とユルユルなユーリである。風紀だって緩もうというもの。

噂話は女子校のノリで広まるし、『勇者様がお手つきにした子の数』は絶好のゴシップであった。

もちろん、そこには実利的な話も混じっていて。

「でもさー。勇者さま、まだメイドには手を出してないじゃない。クレアさんには、メロメロみたいだけど」

「クレアさんは専属だからでしょ。王宮の頃から、完璧メイドって評判だったし」

「いいなあ……」

三人してため息を吐く。それはもう、ルックスで選ばれて、救世の勇者のメイドなんかしているのだ。玉の輿だって期待しようというもの。

ただ、いざ離宮にやって来ると、ライバルはもう、張り合う気にもならないレベルの高さなのだ。透き通るような美貌の王女様、完璧超人のメイドさん、それに人望篤い公爵令嬢。

とはいえ、ワンチャン狙ってしまうのは、仕方ないところ。メイドたちとて、無策ではない。

「アタシはクレアさんみたいな路線無理だし、大胆に攻めちゃおうかな！」

「……いきなりそんなメイド服着てきたから、驚いたわよ。ジュリエット、アンタ怒られなかったの？」

「んー、ルナリア殿下は『その路線もいいかも』って褒めてくれたよ？」

「……ジュリエットちゃんて、時々、ビックリするくらい勇気あるよね」

ジュリエットの秘密兵器は、特注の改造メイド服であった。

太ももくらいで大胆に切ったスカート。胸の谷間が見えるように開いた胸元。おまけに、ストロベリーピンクを基調にした挑発的な色使い。

酒場の給仕娘にヒントを得た、（この世界的には）画期的なデザインだ。

金髪ショートの活発な彼女には、似合ってはいる。似合っているが、王宮でやったらクビにされても不思議でないデザインである。

なおどこかの王女様は、似た系統のメイド服をお持ちだが、それはまた別の話。

「よーし！　待っててね勇者さまっ！　絶対お手つきにしてもらうんだからっ！」

「ふえっくし！　……誰か、噂してるのかな？」

さて、狙われている当の勇者であったが。

実は引っ越し当日から、ずっとメイドさんが気になっていた。

だって若くて綺麗な女の子達が、可愛いメイド服に身を包んで、毎日一緒に生活するのだ。鼻の下を伸ばさないわけがない。

窓拭きをするメイドさんの、素敵なヒップがふりふり揺れるのを、風流だと眺めてしまうくらいには、興味津々である。

ということで。

幸か不幸か、廊下でジュリエットとすれ違ったユーリは、もうガン見してしまった。メイド喫茶にいそうな、ド派手な改造メイド服。

くりくりして釣り目がちな瞳に、思わせぶりな笑み。コケティッシュで、小悪魔めいた美少女である。睫毛も長くて、ギャルっぽいキラキラ感がいっぱいだ。

何より、わがままな乳房の形にぴったり沿った、胸元である。上乳が丸見えで、つんつんしたくて仕方ない。

「んー？　にひひ、このメイド服、気に入ってもらえましたぁ？」

ジュリエットは攻めの手を緩めない。

両腕を後ろに組んで、上半身を傾けて、媚び媚びの上目遣い。見下ろす男の視線が、胸の谷間に入り込んでしまう、完璧なアングルである。

ユーリは面白いくらいに引っかかって、白くて丸いおっぱいの作る谷間をガン見してしまう。

「あ、ああ、可愛いデザインだよね、うん」

「やったあ！」

（釣れたーー！）

勇者に褒められたことと、狙い通りの釣果が得られたことで、ジュリエットはぴょんぴょん飛び跳ねる。

只でさえ短いスカートが、ひらひら翻って、下着がチラチラ見えてしまう。

メイド服よりも更に鮮烈な、ショッキングピンク。

ユーリの人間離れした動体視力は、はっきりそれを捉えていた。色んな意味で勇者である。

「そ、そうだ。きみ、名前は？」

「ジュリエットですっ！　覚えてくださいねっ、勇者さまっ♪」

忘れられるわけがない。

ショッキングピンクの下着と共に、その名前はユーリの脳みそに刻み付けられた。

§

信じ難いことだが、メイドの間で、ユーリは奥手だと言われていた。

というのも、まだお手つきになったメイドがいないからである。

窓拭きの時なんか、実にワザとらしくお尻をフリフリしてみると、間違いなくガン見をしてくるのだが、それだけで通り過ぎてしまう。

ケダモノと化して抱き付かれ、そのままお夜伽コースを期待していたメイドには、期待外れだった。

ユーリが知れば、

「バレてたの!?」

と悲鳴を上げ、三日間は部屋から出てこなくなる案件だ。さんざん凝視しておいて、バレてないと思ってる方が問題だが。

ということで、お嬢様方は手当たり次第ぱっくんしてるし、出入りの商人にも手を出してるけど、奥手なんだろうと。滅茶苦茶矛盾した評価をされているのである。

「あっれー?　イケると思ったんだけどなあ……勇者さまって、やっぱ奥手？」

ジュリエットも、そんな評価を下していた。先ほど、ユーリの視線が胸の谷間に集中したとき、これはもうお夜伽コース直行だろうと、期待でいっぱいだったのだが、結局そのまま別れてしまったのだ。

彼女は首を傾げるばかりである。

「うわ、どうしよ……」

　一方ユーリはと言えば、中庭を散歩し、気分を落ち着かせようとして……思い出すのはショッキングピンク。そりゃ忘れられるわけがない。

　しかし、そこでぱくりと頂けると言えば、話は違う。

　今まではずっと、「セックスしましょ？」「はい！」という受け身コースだった。「俺のモノになれよ」「はい……」みたいなノリは、まだ荷が重い。

　ヤリチ○と言われて久しい勇者だが、心の何処かにまだ童貞が巣食っているのだ。

　それでもどうにか頭を冷やしたところで、離宮に戻ろうとすると、

「あ」

「あ」

　窓拭きをするメイドさん。ジュリエットと、窓越しに目が合ってしまった。

（よしっ……！）

　ジュリエットは決意した。もうどんな手段を使ってでも、勇者を誘惑してやると。

　そんなわけで、実にわざとらしく、上体を窓に押し付ける。おっぱいがガラスに当たって、ぷるんと震える。

「おおっ」

　悲しいかな、勇者は目を見開いてガン見していた。邪神の残滓はともかく、童貞の残滓は元気に健在であった。

「んー、高いところの汚れが落ちないなーっ♪」

「お、おおっ」

背伸びをして、グラマーなカラダを出来るだけガラスに押し付け、フリフリ動かす。着ている服も相まって、なんだかストリップの始まりみたいだった。

分かりやすすぎる勇者の反応に、ジュリエットは益々過激なことを考えて、とうとう、

「あんっ、服がずれちゃった♡」

「！！！」

ぽろんと。ドレスの前を開けて、おっぱいぽろり。

白くて丸い、形のいい乳房が、ガラスに押し付けられてむにゅりと歪む。その瞬間を、ユーリはハッキリと凝視した。目を離せる筈がない。

そこにジュリエットが、さらなる追撃をかける。

「そうだ、こうすれば汚れも落ちるかなー？」

むにむに。ふにふに。

冷たいガラスにバストを押し付け、きゅっきゅっと擦ってフキフキする。

もちろん汚れが落ちるわけはないが、勇者は堕ちた。完落ちであった。

「ジュリエットぉ……」

「きゃんっ♡」

転移でもしたような速さで、悪戯メイドの背後に回る。

後ろから抱きしめて、ふかふかボディをご堪能。

「イタズラしちゃダメだろ。誰かに見られたら、どうするんだよっ」

「あーん、ゴメンなさい勇者さまぁ……」

ジュリエットの、小桃のようなヒップに、カチコチになった勇者の剣がぶつかった。チャンスを逃さず、お尻を左右にフリフリ振って、おちんちんにオッケーサインを出す。

「おほっ！」

「ね、勇者さまぁ。イケないメイドに、お・し・お・き、して？」

ユーリの忍耐もここまでであった。

「こっち来て！」と叫び、少女の腕をぎゅっと握ると、ズンズン嵐のように廊下を進む。目指すは寝室、愛人連れ込み部屋である。

「ジュリエット……お前が悪いんだぞ。そんなカッコで、火遊びするからっ」

「んっ、むちゅっ、ふぅっ」

部屋に入るなりベッドイン。天蓋の幕を開け、少女のからだを押し倒し、貪るようなキスをする。

ぷるんと瑞々しい唇は、グミのような弾力があった。ちゅ、ちゅっと立て続けにキスをしながら、ずっと揉みたかったおっぱいに手を伸ばす。

むにっと手に伝わる肉感。思春期の少女が持つ、張り詰めた乳房の弾力だ。

ユーリはもう、夢中になって揉みしだいた。途中でキスも止めて、おっぱいをペロペロ舐めるのに集中するほど。

目の前に見るジュリエットの乳房は、ツンと上向きに膨らんで、とても健康的である。イメージカラー通り、綺麗なピンクの乳首もたまらない。

ちゅぱちゅぱ音を立てて吸い立てると、それはもう、砂糖菓子のように甘い喘ぎ声。

「ひゃうっ！　あんっ、ダメ、アタシ、おっぱい弱いの、勇者さまぁ……」

弱いと言われたら攻めるしかない。

ユーリは小悪魔メイドのおっぱいを、ちゅーちゅー何度も吸っては揉み揉みした。乳首をコリコリ甘噛みして、舌の上で丹念に転がす。まるでミルクが出るように、マッサージをしているようである。

実際には、これから仕込みをするのだが。

「ん、んん――――！」

「むむっ!?」

丹念な乳搾りをしていると、突然、女の子のカラダがビクビク震え出す。

何事かと口を離し、様子を見れば、釣り上がった目はとろんと垂れて、口からはしたなく涎を垂らし、あー、あーっとあられもない声を出していて。

（わ、おっぱいでイッたんだ……！）

ユーリは感動してしまった。ギャルっぽい、キラキラした美少女が、自分の愛撫でイッたのだ。ＡＶみたいで感激である。

すぐに、震える少女のお股に視線を移した。スカートの裾を持ち上げ、その中に顔を突っ込み、あのショッピングピンクのショーツをじっくりねっとり観察する。

そこはもう、生地の色が変わるくらいに、ぐっしょり濡れていた。

ショーツの中心、割れ目の形に添うように、ハッキリ染みが出来ている。

「えへへ、今度はこっちを見せてもらおうかな……」

「ふぇ……？」

下着をくいっと左右に広げ、そのままスルスル脱がしてしまう。すると、とろとろの愛液が糸を伝って引いてきて、ユーリの鼻息は更に荒くなった。

「あ……アタシの恥ずかしいトコ、見られちゃった……♡」

薄い金色の茂みの中心。くぱぁと開いた、とてもえっちなピンクの割れ目。

そこにユーリは顔を埋めて、くちゅりと舌を差し入れた。

「ひゃうんっ！　そんなっ、今、敏感なのにぃ……」

舌を入れた瞬間、燃えるような熱が伝わってくる。次から次へと滴り落ちる、瑞々しい美少女の蜜。

顔を埋めたお股は、むわっと蒸すような熱気を放っていて、思春期の少女が発情しきっていることを教えてくれた。

もう全身がオスを挑発している。

ヴィーナスの丘から顔を離したユーリは、もうケダモノだった。十分すぎるほど濡れた少女のアソコに亀頭を押し当て、ずぶりと一気に貫こうと。

そう思った瞬間、弱々しい手が、肩を抑える。

「ゴメン、勇者さま、アタシ……初めてなの。優しく、ね？」

ずぷり。

もう逆効果も良いところ。反射的に腰を突き出して、ぷつんとあっけない抵抗を破り、女の子の深いところまで潜り込む。

「ふわぁっ！　ん、ああんっ！」

「ジュリエット……！　もう、そんなの反則だろっ……！」

あれだけ挑発しといてヴァージンとか、もうどうなってるんだ。ぐちゃぐちゃの頭で、勢いのまま突っ込んでしまうユーリだった。

嫋やかな指が背中を強く掴む。破瓜の痛みに耐える少女は、そのまましばらく、きゅっと瞳を閉じていたが、やがて、

「あれ、痛く……ないかも……」

「え、マジで？　ひょっとして、ナルク飲んでる？」

「ううん……にひっ、いっつも勇者さまのコト考えて、オナニーしてたから、かな……♡　予行練習、効果あったね♪」

なんだこのエロ可愛い生き物。

ユーリはもう、お仕置きするしかないと決意した。決意して、おしおき棒をズポズポ前後し始めた。

「あっ、ふぅっ……！　お腹こすられるの、キモチいいよぉっ！」

ピンクのメイド服は、もう上も下も開けていて、半裸になった美少女が全身をくねらせる。ぬぽぬぽペニスを出し入れして、ぷりぷりおま◯こを擦り付けるたび、しなやかな肢体が弓なりに反り返った。

結合部からはぬちゅぬちょ卑猥な音が響いているし、パコパコ腰をぶつけるたび、喘ぎ声のトーンは高くなる一方で。

昼下がりの個室、カーテンに仕切られた天蓋の下、ベッドはギシギシ軋み、少女はアンアン喘ぐ。

「おうふっ、何だこれ……おま◯こ、絡み付いてきて、くうっ」

「勇者さま、勇者さまぁっ！」

ピンクのメイド服をはだけ、ピンクのショーツを脱がし、ピンクの楽園に溺れる。

危険なほど、気持ちのいい女の子。ついさっきまでヴァージンだったというのに、力いっぱい腰を振ると、痛みなど忘れたように嬌声を上げる。

ユーリはもう我慢できなかった。

「イク、もうイクよっ」

「ああんっ！」

どくどくどくっ
発情おま◯こより熱い、どろどろの精液が流し込まれる。噴水のようにびゅーびゅー噴き出して、小悪魔メイドの子宮にシャワーのように種を撒いた。

「勇者さまのお種、スゴい熱いよぉ……きゃっ、まだ出てる♪　びゅくびゅくって、かわいい♡」

「おおう……すげえ、気持ちいい……」

背筋を震わせ、最後までキッチリとザーメンを注入する。こうして、あっさり釣り上げられてしまったユーリであった。


「ふにゃっ、あんっ、あーーっ！」

「やばっ、気持ちいいっ！　ジュリエットっ、たまんないよっ」

引っ越しからこの方、大して使われていなかったユーリの自室。

それは今、大いに活用されていた。

天幕とカーテンに仕切られたベッドの上、小悪魔めいた美少女が、動物のように四つん這いになり、アンアン可愛く喘いでいる。

ユーリは後ろからパンパン腰を打ち付けて、後背位でお楽しみの真っ最中であった。

「あっ、ふあっ、勇者さまっ、アタシ飛んじゃう！　飛んじゃうよぉっ！」

「おっおっ、すごっ、きゅんきゅんうねってるっ」

熱々で甘々なヴァージンブレイクから、抜かずにもう一発。更に体位を変えての、激しいセックスだ。

元気よく腰を振るジュリエットに、さっきまで処女だった面影はない。シーツにはしっかり破瓜の跡が残っているが、痛みを快感が圧倒しているようで、それはもう盛っていた。発情した猫のようである。

メイド服はくしゃくしゃに脱ぎ捨てられ、ベッドサイドに無造作に放り出されていた。今彼女が身に付けているのは、頭に乗ったカチューシャだけ。

瑞々しい裸体が、しなやかにくねり、反り返って、ひどく艶めかしい。十代後半、元の世界では女子高生くらいの年頃の少女が放つ、青く危険な色香。

「ぬるぬるで、グチョグチョで、すっごい熱いよ。超えっちだ」

二発出した後なのに、ユーリは全然落ち着いていなかった。すもものようなお尻をパンパンして、男根を突き刺すたび、少女がシーツを掻きむしって、激しく啼いて喘ぐのだ。背筋がゾクゾクするような征服感である。

視界に映るのは、持ち上げられ捧げられたヒップと、染み一つ無い綺麗な背中。きゅっと括れた腰をがっしり掴み、逃がさず放さず、気持ちのいい穴にマーキング。

「あー、もうイクっ、出る出るっ」

「あっあっ、おちんちん暴れてる、どくどく来たぁっ……♡」

びゅぷっ、びゅるびゅるっと、三度目なのに元気な放出。赤ちゃんを作る部屋めがけて、ユーリは大変気持ち良く中出しをした。

「にひっ、サイコーだったぁ……♡　勇者さまって、ホント絶倫なんだね♪」

「そ、そうかな？」

「アタシ、実家のメイドさんから聞いたけど。普通、男の人って休憩無しには出来ないんだって。なのに勇者さま、出してすぐにムクムクおっきくなるんだもん。子宮がビックリしちゃった……♡」

天幕の下、二人並んでベッドに横たわりピロートーク。

ＪＫ相当の女子に抱き付かれ、あけすけに男性機能を褒められて、ユーリはとてもいい気分だった。

とはいえ、疑問もある。言われてみれば、休憩無しで三連発っておかしくね？　という疑問である。気付いたのが一週間以上、遅い。

しかしユーリにも言い分はある。

「でもジュリエットがエロ可愛いんだもん、仕方ないじゃんか。ＪＫギャルとえっちしてるみたいで、めちゃくちゃ興奮したよ」

「じぇーけーぎゃる？」

釣り上がった目がピンピン動いて、不思議そうにクリクリ動く。異世界である。ＪＫギャルが通じるわけがない。

「あー、えっと、女子高生と淫行してるみたいで……」

「ジョシコーセー？」

言い換えるともっと犯罪くさくなる。実際、思春期の女の子とセクロスに及んだのは事実であった。

「えっと。女子高生って言うのは、学校に通ってる女の子のことでさ。十代の子が……あ、ジュリエットって、今いくつ？」

「アタシ？　一六歳だよ！」

ぴくんぴくん。

落ち着いた筈のペニスが、つい反応してしまうのは男の性だ。ホントにＪＫ相当だった。

「じゃ、じゃあ、ジュリエットは俺の故郷なら、女子高生だな。略してＪＫ。で、ギャルっていうのは、太ももが丸見えのスカートを穿いたり、胸元を開いてみたり、派手な髪の色をした娘のことで……」

「わーい、アタシのことだねっ！」

元気いっぱい抱き付いてくるジュリエット。張りのあるおっぱいが力いっぱい押し当てられて、ユーリはとても幸せな気分になった。

ＪＫギャルって言われて、こんなに喜ぶとは、異世界はファンタジーだなあと間抜けなことを考えている。

一方、勇者の胸板にすがりついて、ジュリエットは大興奮だった。救世の勇者様のお手つきになったうえ、勇者様の故郷の、ＪＫギャルなる称号を受け取れた！　もう喜ばずにはいられない。

異文化コミュニケーションとは、難しいものである。

「ふにゅっ、勇者さまぁ……だいすきっ♡　これからいっぱい、えっちしようねっ」

「でへへ、そ、そうだな」

彼女のテンションは最高潮で、子猫のようにペロペロ胸板を舐めたり、頬にちゅっちゅっとキスをしたり、全力でイチャイチャしてくる。

そしてユーリのモノはむくむく元気になる。

「わぁっ♪　もう、これからって、今すぐって意味じゃないのにぃ……♡」

「ジュリエット、んっ、ちゅっ」

「ふわ、んっ、ちゅっちゅっ……」

救世の勇者の剣は、その硬さを取り戻し、抜き身で少女のからだを貫いた。

言い換えると、避妊具無しでおま○こに生挿入されていた。

ジュリエットは大喜びでユーリに抱き付き、自分から腰をくねり始める。ぷりぷりの膣粘膜が竿に吸い付いて、絡みつき、オスを気持ち良くしようとマッサージする。

男の方も、ズン、ズンっと腰を上げ下げ。潤みきった気持ちいい穴を、せっせと耕し、種を撒こうとピストン運動。ズポズポ、パチュパチュ、露骨な音を立ててのまぐわいだ。

「えへっ、勇者さまっ、じぇーけーおま○こに、ドピュドピュしてっ♡」

「お、おほっ」

あっけなく四発目。別に制服着てないし、異世界にＪＫもへったくれもないのだが、一六歳の美少女に愛されて気持ち良くないワケがない。

さて、二人は再びピーロートークに戻ってきて。

「……えへへ、これで四回目だね。勇者さまの、えっち♪」

「おおう、言い返す言葉もないっ……！」

やっぱ俺おかしいのかな、とユーリは悩み始める。

「うーん、俺、普通の男と比べて、性欲強すぎるのかな」

「あはは……そうかもー。でも勇者さまっ、アタシも人から聞いた話しか知らないよ？　だって、アタシを女にしたの……」

勇者さまじゃん、と耳元で囁かれ、背筋がゾクゾクする。

そして改めて振り返ると、今まで関係した女の子は、揃いも揃ってみんな処女だったのである！

こんなの相談する相手いないぞ、と勇者は困った。

「でも、気にしなくていいんじゃない、かな？　アタシ、求められて、嬉しいし……」

胸板に顔を埋め、真っ赤な顔を隠しながら、指で「の」の字を書いて、そんなことを言うのだ。ジュリエットは天性の小悪魔であった。そしてユーリの股間の砲台は、五回戦に向け装填準備を始めてしまった。

「あ、そだ。勇者さまって、メイドが好きなの？　それとも、えっちな服が好き？」

「んー、メイドさんっていうのは、男のロマンなんだよ。清楚な、正統派メイド服だって素晴らしいし、いろいろ改造して可愛さ重視のメイド服だって、いいものだ。そうそう、それと俺の故郷じゃ、メイド喫茶って言って、メイドさんがウェイトレスをやってる店が流行ってたんだよ。店に入ると、『お帰りなさいませご主人さま』って迎えてくれて、まあ、チヤホヤしてくれるお店」

「へー。よしっ、じゃあいろんな服を用意する、っと……他には他には？　アタシ、勇者さまの好み、いろいろ知りたいっ！」

こうしてユーリは、洗いざらい喋ってしまった。

何だかんだで王女様のルナリアや、忠誠心いっぱいのクレアと違い、気軽に話せて、普通の女の子っぽいジュリエット。

そんな彼女に、元の世界のことをバンバン喋る。

「ウサちゃんの耳をつけて、セクシーな服を着るんだ。ふーん、じゃあ今度、レジーナさんに頼んで、作ってもらおうよ！」

「え、ちょっと、マジで？　作っちゃうの？　バニースーツ」

あらぬフラグを建築してみたり。

「童貞を殺す服？　え、でも勇者さま、こんなに経験豊富なのに？」

「それとこれとは、別……！　別なんだ……！」

童貞の残滓をさらけ出したり。

「んー、ネコちゃんの耳を頭に付けるの？　確かにカワイイかもっ！　にゃんにゃんっ♡」

「おほっ、悪戯はダメだってば、おおっ」

「ご主人さま、こっちがおっきしてますにゃんっ」

子猫と化したジュリエットに、おち○ぽを悪戯されて、股間の砲台も装填完了。いたずら子猫の上に乗って、五回戦が元気に始まるのだった。

ちなみに、ここで洗いざらい喋ってしまったツケは、後できっちりやって来て。

離宮の風紀は大いに乱れることになるのだが、それはまた別の話。

§

またもや暗黒の荒野である。

何時もの面子を前に、ユーリはなるべくさりげなく、酒が入ったところを見計らって、その話題を出した。ジュリエットとイタしたときに浮かんだ疑問。

「俺って、人よりちょっとだけ性欲が強いのかな、って思うんだけど、どうなんだろ」

「「「ちょっと？？？」」」

お前、頭大丈夫？

三人の目は雄弁にそう語っており、ユーリは地面に突っ伏した。

「ねえヤリチ○、貴方、その年でボケたの？　ここ最近で、何股かけてたっけ？　あ、そっか、数え切れないほどだったわね！」

「もはや人と比べるのが間違いでは無いのか？　ロバ並みとか、馬並みとか、いろいろ言い方というものがあるぞ」

「わしは、ちょっと、という言葉の意味を、考え込んでしまうのう……」

ボロクソであった。

自分の所業に心当たりがありまくるので、ぐうの音も出ない勇者である。

結局、事情を洗いざらい喋ることになった。また一人、メイドさんに手を出したこと。ちょっと元気すぎでは、と言われたこと。自分でも、あれ、確かにおかしくね？　と思ったこと。そんなことを、正直に、包み隠さず話したところ、

「「ヤリチ〇」」

と、生ゴミを見る目で言われた。

「ふむ……つまりアレか。貴様は、人類の連発記録に挑んでおり、自分がどれだけ他を突き放しているか知りたい、と」

「あまり気にしなくていいんじゃないの？　大丈夫よ、連発記録オリンピックがあったら、貴方がダントツ一位だわ！」

「うむ、わしも長く生きておるが、お主ほど精力絶倫なオスは見たことが無いぞ。安心するのじゃ」

「だからそーゆー話じゃないんだよっ！　人を種馬みたいにっ……！　言われても、仕方ないって、分かってるけど……！」

まるで否定できなかった。

自分で言ってて空しくなり、一気にトーンダウンする。

「そうだよな、セックスって、相手がいることだもんな。自分のことばっか考えて腰振ってたら、種馬と同じだよな……俺、いろいろ経験したつもりになってたけど、まだ心は童貞のまま、成長してないんだ……」

「うわ、なんかポエム語って落ち込み始めたわよ。ルキウス、貴方なんとかしなさいよ。同じ人間っぽい形のオスじゃない」

「そうじゃぞ、魔族とか人族とか、もう大した違いじゃないじゃろ」

「……余としては、アレと一緒にされるのは実に不本意であるが……まあよい！　ククク、勇者よ！　この魔王に冴えた考えがあるぞ。つまり、貴様が処女ばっか相手にしてるから悪いのだ！　ここは一つ、経験豊富なお姉様方を頼るがよい……！」

「はっ……魔王、まさか、それは！」

「そう、娼館に行くのだ！」

友情。異世界に来て半年、遂にユーリは、その言葉の意味を知った。

そしてエレミアとアガメムノンは、生ゴミが一つ増えたという目で、二人を見守るのであった。

§

「よっしゃ、張り切っていこう！」

翌日。夕暮れの大通りのど真ん中、気合いを入れて張り切る勇者の姿があった。

普通の感覚であれば、勇者が娼館探しなど「あの勇者様、ハーレム作って、更に娼館遊びですって」「サイテー」となるところ。しかしユーリは、世間に顔を知られていない。

パレードに出ることも無く、世界救済後は離宮に篭もりきりの勇者の物語は、『鳥籠の勇者様』として流布していた。

それはもう、尾ヒレに背ビレに角まで生やして、原型が分からないほどである。本人が聞いたら卒倒しそうな渾名だ。

そして関係者がため息と共に、「だったらどれだけ楽だったか」と言いそうなネーミングであった。

「あ、そこのおじさん、繁華街ってどっちですかー？」

「ん？　おお、街の南に行ってみな。冒険者ギルドの先に、酒場が集まる通りがある。坊主の年なら……まあ、いいだろうよ」

通りがかりのおっさんは、人差し指と中指の間に親指を挟み、ニヤリと笑う。ユーリは親指を立て、ニカッと笑った。男と男、世界は変われど思いは一つ。

そう、目指すは風俗街。現代日本より遙かに際どく、危険で、華やかな世界に足を踏み入れるのだ！

勝手知ったる冒険者ギルドを通り過ぎると、周囲の雰囲気が変わり始める。行き交うのは鎧を身に付け、武器を持った冒険者たち。

死と隣り合わせの日常を送る彼らが、一時の快楽を求め向かうのが花街だ。

今まで足を踏み入れたことのない通りには、まさしく異世界が広がっていた。

「わお」

それはユーリにとって、カルチャーショックだった。

際どい格好で通りに立つお姉さんたち。それに話しかける冒険者。その場で話が纏まると、路地の奥にしけ込んで、あんあん艶めいた声が響き出す。

或いは、貨幣を胸の谷間に挟み、これ見よがしに連れ歩いて、宿へ向かうカップルもいた。

いっそ悪趣味なくらいの朱色に塗りたくられたのが、連れ込み宿。分かりやすいことこの上ない。

街娼のお姉さんとワイルドな夜を過ごすのもありだが、今夜のユーリは探求者。奥深い男女の世界を流離い、叡智を求める者である。

ならばと探すのは、落ち着いた、高級そうな店。幸か不幸か、花街は切れ目無く続いているし、建物の趣味を見れば、高いか安いかが分かるようになっていた。

そんな中で、一際目立っていたのが、白亜の屋敷。二階の窓から、飛びきりの美女たちが嫋やかに微笑んで、手招きしている。皆、いかにも高そうなドレスに身を包んでいて、指には宝石の付いた指輪が沢山嵌められてた。

これは絶対高級店だろう。

ユーリはふらふらと、その店に吸い寄せられていく。

「ようこそお越しくださいました。一夜の夢をお求めで？」

出迎えるのは、慇懃な初老の男。

その丁寧な態度に、内心ビク付きながらも、ユーリは目的を話す。

「えーと、ちょっと経験豊富なお姉さんに、相手をしてもらいたくて……」

「左様ですか。失礼ながら、当店は他と違い、前払いとなっております。その分、最高の女性を揃えておりますが、お手持ちを確認しても？」

「あ、うん。足りる？」

ユーリは金貨の入った袋を、無造作に置いた。離宮の金庫から、お小遣いを引き出してきたのだ。

世間知らずのユーリは知らないが、店員からすれば、常軌を逸したお大尽ぶり。

「もちろんで御座います……それでは、こちらを三枚頂きましょう」

「え、三枚でいいの？」

「確かに当店はグレードの高い店です。ですが、そこまで高くはございませんよ」

受付の男は、内心苦笑いしていた。どうもこのお客は、相場も何も知らないらしい。店としては、実に都合のいい金蔓である。

だからこそ、確実に捕まえるべく、選りすぐりの美女を選ぶことにした。

いずれあの金貨袋を空にしてやると、ほくそ笑みながら。

そんな事情は知らないまま、ユーリはエレガントなサロンに通された。そこでは一人の女性が、優雅な仕草でお茶を楽しんでいる。

「あら、お客様かしら？」

魅力的なブルネットの髪。年頃は二〇代中頃だろうか。傾城の美女と呼ぶに相応しい、素晴らしい美人だった。単に美しいだけでなく、全身から艶やかな色気を振りまいていて、これは男をダメにする女だぞ、と心が警鐘を鳴らす。

だが、それで止まれるなら男性は苦労しない。

「は、はい……その、俺、ユーリって言います、よろしく……」

いつの間にか受付は消えており、サロンにはユーリと彼女が二人きり。

「ふふ、丁寧にありがと。私はレザよ。よろしくね、可愛い坊や」

こうして、彼の夜の冒険は始まったのだった。


「坊や、緊張してるのね。大丈夫よ、すぐに気持ち良くなるから……」

「は、はいっ」

レザが立ち上がる。身に纏うのは、ボディラインがハッキリと出るマーメイドドレス。大きな胸に細い腰、むっちりしたヒップが作り出す、砂時計のような悩ましい曲線美が、これみよがしに強調される装いだ。

突っ立ったままのユーリに、グラマラスな美人が近付いてくる。

腰まで伸びて、艶やかに波打つブルネットの髪。長い睫毛に縁取られた、美しい瞳の近くには、憂いを帯びた泣きぼくろ。

どこか陰のある、大人の美人だ。ユーリの周囲には、余りいなかったタイプである。

「んっ……」

唇を重ねられる。それだけではない。嫋やかな手が首筋に回されて、頭を引き寄せられてのディープキス。

「ん、むちゅ、ちゅっ……ふふ、可愛い顔して、随分慣れてるのね？」

「いや、えーと、ここ最近いろいろあって……付き合ってる娘たちが、いるんだよね、うん」

「あら、とんだ色男なのね。なのに娼婦を抱きに来たの？　悪い子ね」

「す、すみません……」

何故か敬語になってしまうユーリである。

よい家柄のお嬢様方に、何股か分からないほど股をかけ、王女様にも定期で中出し、メイドとはズブズブの関係。

その上娼館に来るとは、とことん救えない男であった。

しかし今回ばかりは、ユーリにも理由があるのだ。

「俺、ちょっと性欲が強すぎるみたいで。どのくらい強いのか、お姉さんに教えてもらいたくって」

「ふうん？　付き合ってる娘は、教えてくれないの？」

「その、みんな、初めてだったから……」

「まあ、本当に凄い色男。花を手折る天才なのね。じゃあ色男さんは、自分の底が知りたくて、私みたいな娼婦のところへやって来たのね？」

「おふっ」

嫋やかな手がズボンに突っ込まれ、玉も竿も触られてしまう。

「それじゃあ、お部屋を移しましょう。とっても快適な寝室が、私たちを待っているわ。そこで一晩中、坊やが満足するまで楽しみましょう？」

それは、真紅に彩られた部屋だった。

カーペットも、壁も、そして寝台までもが赤い。

天蓋付きのベッドは、レースのカーテンが引かれていて、秘めやかで淫靡なムードを作り出している。

「ね、ドレスを脱がしてくれる？」

「う、うん」

後ろ向きにベッドに座り、背中を見せて微笑むレザ。

女の服を脱がすなど、それこそ幾らでもしてきたのに、ユーリはドキドキして背中の紐を解いていく。

自分の肉体を魅力的に見せるのが、レザほど上手な女性は見たことが無かった。

むき出しになった肩、大きく開いた胸元と背中の、白く眩い肌。

絹のドレスが肩より滑り落ち、白い裸体が露となれば、それはもう、息を呑むほどの色っぽさ。着痩せするタイプなのか、盛り上がった乳房はメロンほどもありそうだ。

振り返り、にこりと笑うレザは、そのまま真紅のシーツに身を横たえた。

「ああ、すごいっ」

「あん、がっつかないの。私のからだは高級なのよ？　だからゆっくり、じっくり味わって？」

「で、でも、こんなのっ」

「んっ、ふぅっ……悪い子ね、もう」

ユーリはもう、まるで魔法にかけられたみたいに、手を離すことが出来ず、夢中になって乳房を揉みしだいた。

手だけで楽しむには飽きたらず、もう片方の乳房に口で吸い付き、乳首を舌の上で転がす。

甘く切ない喘ぎ声が、淫靡な寝室に響き渡る。それはどこか余裕を残した、女優めいた声音で。

この女性なら、どんな欲望でも受け止めてくれる。そんな甘えが、ユーリの手を激しく動かす。揉んで、搾って、乱暴なくらい強くおっぱいを掴んでもてあそぶ。

「おっぱい、好きなのね？」

「は、はい……」

「緩急を付けてみて。前からだけじゃなくて、横からとか、下からとか、いろいろね。胸じゃ感じないって女もいるけど、乳首を上手に弄ってやれば、感じることもあるわ」

レザは愛の技に長けた、最高の先生だった。艶めかしい教材を使って、男女のことを、実践で教えてくれる。

「こ、こう？」

「んっ、そうよ、上手ね……あはっ、じゃあご褒美をあげるわね」

嫋やかな手がユーリの手を包むと、そっと下腹部に導いていく。

女性の一番大切な、秘密の部分。そこに指を当て、くちゅり、くちゅりと弄り出す。

「ほら、もう我慢しないで。お姉さんのここに、おち○ちん、挿れていいよ？」

「ああ、レザさん、俺、もう……」

ユーリは年上美女のグラマラスな肢体に伸し掛かり、本能の赴くまま、気持ちのいいところへ男根を突き埋めた。

にゅるり、と柔らかな肉襞をかき分けて、生々しい感触がペニスを包み込む。

入り込んだ内部は、蕩けるように熱い。

複雑にうねり、肉茎に絡みつくそこは、入れてすぐに分かるほどの名器だった。

「おほっ……き、気持ちいいっ……」

「ふふっ、おち○ちん、おっきくて逞しいのね。遠慮せず、ズポズポ動いてみて？」

頭を撫でられ、耳元で甘く囁かれて、ユーリは何も考えず、ただ無我夢中に腰を動かした。

シーツの海で波打つ裸体を見下ろし、S字のカーブを描くウェストラインをがっしり掴んで、杭を打つように腰を打ち付ける。

「あんっ、そこ、奥まで届いてるわっ！　ねえ、もっとお腹を擦るように動いてみて……？」

「こ、こう？」

「んんっ！　そう、そうよ、もっといろんな所を探ってみて。そうして、私のことを、暴き出して」

乞われるまま、女性のデリケートな内部を探るように棒を動かす。上下左右に、立体的に膣穴を擦っていると、一際反応のいい場所があった。

「ああんっ、そこ、そこがイイの、もっとコツコツしてっ」

求められるまま、深いところでグリグリペニスを押し付けると、ゴージャスな裸体がわななないて、悩ましげに腰が揺れ始める。

柔らかだった膣穴が、きゅ、きゅっと竿に絡み付き、奥へ奥へと誘い込むよう。

男慣れした美女が、自分の腰の動きに合わせ、あんあん蕩けた声を出す。

それだけではない。切なげに眉根を寄せて、手を伸ばし、キスをせがんで来るのだ。

ユーリはせっせと腰を振った。邪神を倒した底なしの体力で、男慣れした雌穴を刺激し続けた。

「んんんっ、坊やったら、見かけによらずに凄いのね……えいっ」

「おほっ」

負けじと腰がくねり、ペニスを翻弄して暴発させようとする。それを歯を食いしばって耐え抜き、もっと女性を気持ち良くしようと、ピストンを続ける勇者。

男と女、お互いがお互いを気持ち良くさせようと、深く深く結び付き、蕩けるような快楽を分かち合う。

二人の相性は最高だった。下腹部で繋がり合い、溶け合って、一つになってしまうような錯覚がユーリを襲う。こんなぴったりとした一体感は、初めてだった。

「あ、もう出るっ！」

「んっ、はぁっ……ふふっ、元気なんだから」

生身の女性の温かさを感じながら、盛大に精を吐き出す。下腹部が痙攣発作を起こしたみたいにびくびく震えて、相性のいい異性を孕ませようと、種子をまき散らす。

ユーリはパンパン腰を打ち付けて、最後の一滴まで精液を吐き出すと、バカみたいに口を開いて吠えた。

気持ちいい。バカになるほど気持ちのいいセックス。

「ん、ちゅ、むちゅっ」

「はぁんっ、坊やったら、ベッドの上では情熱的なのね……♡」

お猿さんになったユーリは、高級娼婦の唇を何度も奪う。マーキングするようにキスを繰り返すうち、半勃ちだったものが見る見る硬さを取り戻す。

そこでレザも、最初に言われたことを思い出した。

「ちょっと、もう？」

「ああ、レザさんっ、レザさんっ！」

「きゃっ、そんな、復活するの早すぎよっ♪」

疲れを知らぬ勢いで、ズンズンとプレス運動を始める。

セックスに慣れたレザのからだは、それを情熱的に迎え入れた。ユーリも教わったことをしっかり実践し、器用に腰を動かして、互いの快楽が強まるようにする。

甘い声を出しながら、溶け合うようなセックスは繰り返し続いた。

§

「もう、強すぎる、なんてものじゃないわ。坊や、悪いけど恋人は増やした方がいいわよ。一人を相手にしたら、壊れちゃうもの」

「そ、そうですか……」

色んな体位で五回ほど交わった後。

ベッドの上でお話し合いとなり、ユーリは現実を突き付けられていた。

ちなみに、レザは寝そべるユーリにピッタリと絡みつき、時折首筋に舌を這わせてきて、六回戦への準備に余念が無い。高級娼婦ともなれば、サービス精神旺盛なのだ。

「それに、遠慮無く女の腹に出していたでしょう？　赤ちゃん出来たら、どうするつもり？」

ふふっと笑いながら、やばいことを言われて固まるユーリ。あんまり考えずに中出ししまくってました、とは言えなかった。

「せ、責任は取るつもりで……」

「ふうん。一晩抱いただけの娼婦を、妾か、愛人か、それとも第何夫人にでもする？　ダメよ坊や、そんなことを軽はずみに言っちゃ。私みたいな悪い女に、ハメられちゃうわよ？」

ちゅ、ちゅっと唇にキスをされ、おっきなおっぱいを押し当てられて、是非ハメられたいユーリである。

もうこの際それでお願いします、と口走りかけて、そっと指で制止される。

「もちろん、娼婦だもの、孕み腹にならないような薬を飲んでるわ。でも完璧ではないの。坊やが、どんな相手に手を出しているかは知らないわ。でも、誰が相手でも、出来ちゃったら、最低限お金は出してあげてね。男の子は出すだけだけど、女の子は大変なんだから」

グサリと突き刺さる一言である。ユーリはかつてないダメージを受け、ベッドの上に転がりそうになった。

そんな薬、誰も飲んでる気配すらない……！

王女様を筆頭に、赤ちゃん作る気満々なのだ。いいところのお嬢様方も、「勇者様の血筋を残させてください」とか、危ない台詞を口走りまくっている。

「……ねえ、その顔。ひょっとして、誰も薬を飲んでないの？」

「た、たぶん……はい、えっと、おそらく、絶対に」

「困った坊やねえ……何だか、かえって放っておけないわ。ねえ、もうちょっとお話を聞かせてみせて？」

そうしてユーリは語り出す。この世界にやって来てからのこと。三人の友達が出来て、世界中を駆け巡ったこと。冒険者になって、ビッグになろうと頑張っていること。

いい家柄のお嬢さん方を、手込めにしてしまったこと。メイドにも手を出しちゃったこと。本当に洗いざらい、いろんなことを話してしまった。

ジュリエットに性癖を吐露したことといい、ピロートークでは隠し事が出来ない勇者だった。

「ふふっ、楽しいお話をするのね、坊やったら。いいわ、本当のところが恥ずかしくて言い出せなくっても……今日覚えたことは、ちゃんと生かすようにしてね？」

「えー、嘘はついてないんだけどなあ」

「もう、本当に子供みたいなんだから」

こんなにも世間慣れしていなくて、子供っぽいお客は初めてだった。経験豊富なレザでも、つい調子が狂ってしまい、情が移ってしまう。

(不味いなあ)

レザは心の中で、憂鬱なため息を吐いた。娼婦が客に心を通わせても、いいことは何もないのだ。

§

「もう、朝が来ちゃったわね」

「おおう……」

結局、一晩中盛っていた二人であった。

一睡もせずに朝を迎えてしまい、割と結構呆然とするユーリである。

当然、「今までのお客で一番凄かった」と太鼓判を押されてしまい、認めざるを得なくなった。

しかし、男としてレベルアップした気分にもなる。徹夜明けのテンションが生み出す錯覚である。

「今日は、有り難うございました！　絶対また来ますね！」

元気にお礼を言うユーリに、レザは困ったように微笑む。

なんだか弟が出来たみたいな、くすぐったい気分だった。けれど、だからこそ、言うべきことは言わなくては。

「ねえ、坊や。あまり私に構わない方がいいわ。好きでいてくれる女の子がいるなら、尚更ね。いい男は、恋人を泣かせないものよ？」

「すいません、ヤリチ○に育ってごめんなさい……！」

「ふふふ、そうじゃないわ。こういうお店はね、男からも女からも搾り取って、吸血鬼みたいに儲けるのよ。きっと店は、貴方から搾れるだけ搾ろうと思ってるわ。引き返すなら、今がチャンス、っていうだけ」

そこでユーリは、ピクリと眉を動かした。

男の表情を読むに長けたレザが、見逃してしまうほど小さな動き。しかし英雄一行が見たら、「ヤバイ」と焦るような、決定的な変化でもある。

「……うーん。でもそれ、レザさんが怒られません？」

「私はいいのよ。これでも売れっ子だし、今更大事なものなんか何もないし。けれど、坊やは違うでしょう？」

「俺、レザさんも大事なんだけどなー」

のほほんと、なんだか的の外れたことを言うユーリ。

けれどもレザは、直感する。今、目の前の彼は、混じりっけなしの真実を喋っていると。

「もう、お姉さんをからかわないの」

どうしてか、顔が赤くなってしまう。これじゃあまるで生娘ね、と心の中でため息を吐く。

そんな彼女に、ユーリはゴソゴソとバッグを探り、アミュレットを差し出した。

「これ、かなり当てになるお守りですっ！　大抵のことからは守ってくれる、便利アイテムなんで、どうぞどうぞ！」

「え？　ああ、ええと、ありがと……」

「何かあったら、ガチャで俺の友達が飛んできますから！　絶対頼りになるのが来るようにしといたんで！」

本当に可愛い坊やね、とレザは微笑む。自分が何を貰ってしまったのか、気付くのは少し先のことである。

§

数時間後。

最後の会話を盗み聞きされていた彼女は、店の男たちに連れ出され、町外れの倉庫に監禁されていた。

屈強なごろつきを率いるのは、ユーリを案内した初老の男。実は店の支配人であり、黒い噂の絶えない男であった。

王都に巣食う闇、その一角を担う大物である。

「全く、貴方には困りますね……アレは、せっかくの上客なんですよ？　少し、お仕置きが必要かも知れません」

「……そう」

苦笑いしたレザが、ぼんやり支配人を見つめる。

彼女は男の内実をよく知っている。逃げだそうとした娼婦を捕まえて、笑いながら脚の健を切るくらいには、冷酷で無慈悲な男。殺された娼婦だって、恐らくはいただろう。

さて自分は同じ目に遭うか、それとも、もっと酷い目に遭うか。

そんな土壇場なのに、頭に浮かんでくるのは、あの子供みたいに笑うお客のこと。焼きが回ったものだ。

「大丈夫、大事な商品ですから、顔には傷を付けません」

そう言って、持ち出すのは鋭いナイフ。

これは、立って歩けるのは今日が最後かなあ、と何処かあっけらかんとした調子で見ていると。


ビー！　ビー！　ビー！


アミュレットが突如、赤々と点滅し、耳をつんざくような音を鳴らし始めた。

思い浮かぶのはあの言葉。ガチャで、俺の友達が、飛んでくる。

まさか、白馬の王子様じゃあるまいし……と思っていたら、アミュレットが喋り出した。

『緊急警報！　緊急警報！　召喚魔法、〝先生、お願いします！〟発動します。ガチャの結果は……スーパーレア！　不死女王！　それでは上空に注意してください！』

ずもももも、と黒いもやがあふれ出し、空中に集まって黒い穴を作る。周囲の男たちは皆、一様に嫌な予感がした。これは、どうにも悪いことが起きている。

　そして起きた。

　悪いことが。

「ふぎゃっ！　な、何よこれ！　人が昼寝してるときに、こんなテキトーな召喚かますのは……あのヤリチ○ね！　ぶっ飛ばしてやる！」

穴から忽然と出現し、べしゃっと地面に落っこちて、怒り心頭立ち上がったのは。

この世で最も恐ろしいもの、昼寝を邪魔された不死女王である。

「ったく……で？　私が召喚されたってことは……貴方たち、あのアホの敵なのね？」

コキコキ首を鳴らし、拳を鳴らして、エレミアはやる気満々だった。より正確に言うと、八つ当たりする気満々だった。

人気の無い倉庫で、屈強な狼藉者に囲まれているのに、臆する様子は微塵もない。その後ろ姿に、レザはおずおず声をかける。

「え、えっと……もしかして、あのユーリ坊やの、お友達？」

「ユーリ坊や……？　ぷ、くくくっ、坊や、坊やかあ、ホントそうよね！　そうよ、あのヤリチ○のダチよ。私はエレミア、よろしく……えっと、貴方の名前は？」

「レザよ。私は、あの坊やの……」

自分は、あの子の、何なのだろう。

何でもない。ただの、一夜の相手だった娼婦に過ぎない。

そうレザが言葉に詰まるのを、エレミアがあっけなく吹っ飛ばす。

「あのアホのダチやるのは、大変よね。ははは、分かるわよその気持ち。ま、アレはアレで、そう悪い奴じゃないし、良くしてやってよ。私はこの昼寝の恨みに、絶対一発入れてやるけど」

ニヤリと、それはもう、不敵すぎるくらいの笑い方。

人気の無い倉庫で、冒険者崩れのならず者や、サイコパスの支配人に囲まれてるのに、レザは釣られて笑ってしまう。

「あの子が言ってたわ。絶対頼りになるのが来るって」

「はっ、あいつ、そんなこと言ってたの？　ま、そりゃそうよね……何せ、この私が呼ばれるんだから。さてと。ああ、周囲のザコどもには、不運なお知らせをしましょうか。私はネクロポリスの僭主、邪神討伐者の一人、不死女王のエレミア。この世の影はすべからく、私の領地。そして領地には、私の民が潜んでいるわ」

うぞぞぞぞぞ。

エレミアの影が、いや、周囲にいる全ての人間が作り出す影が、耳障りな音を立てて広がっていく。それは倉庫中を埋め尽くし、壁を黒く覆い尽くし、天井を夜闇に塗り替えて、それでも止まらない。

ザコ呼ばわりされて、本来なら怒り心頭、襲いかかるところなのに。

男たちは全身に広がる寒気に、指一本動かせなかった。

これでは、まるで、いやまさしく。

薄暗い墓地の奥底、棺の中に閉じ込められたような。

冷酷無情な支配人すら、理解を超えた光景に、畏怖にも似た恐怖を抱く。

「さあ来なさいアンデッドども、私の下僕よ。あいつが頼みにした力、ここで見せつけてやりなさいな」


ぬるり。


手が、手が、手が。黒く黒く黒く、骨のような手が、影の中から這い出して。

シュー、シューと、生者への恨みに満ちた声を上げ、赤い目のアンデッドが、次から次へと現れる。

いつぞやの、ドブさらいの時とは違う。本気になったエレミアが呼ぶ亡者の群れ。

かくして王都に巣食う闇と、ネクロポリスの闇。ふたつの闇が、ぶつかり合うときが来た！

「え、ええー……」

見守るレザは、つい間の抜けた声を出してしまう。こんなの反則じゃない？　と思うが、きっとごろつき連中も同じ事を思っただろう。

「シュー、シューッ！」

「ひえええええ！　来るな、来るなあああ！！！」

男たちはすっかり戦意を喪失しているが、アンデッドの方はやる気満々、一方的に襲いかかり、抵抗すら許さない。

あまりにも、あっけなかった。

泣き叫ぶ男たちの腕を折り、脚を折り、いとも簡単そうに行動不能にしてしまう。力の差が開きすぎて、戦いにすらならない。

支配人も腕をへし折られ、地面に踏みつけにされていた。

「正直、私はね、あのアホをあんまりマジにさせたくないのよ。邪神が出てきて、あいつ何て言ったと思う？　すっげーお約束じゃん！　よ。イカレてるわ。アレがシリアス始めたとき、どうなるか。私は考えたくないの」

誰に聞かせるわけでも無く、まるで自分に言い聞かせるように、エレミアが語る。男たちは苦痛に呻いて、それを聞く余裕も無かったが、レザだけはしっかり聞き取っていた。

「だから、貴方たちは、ここでぶっ殺すのが後腐れなくていいんだけど。ルナリアにも、あんまり暴れないように頼まれてるのよね。半殺しで済ましてあげる」

そうして、しゃがみ込み、這いつくばる支配人の顔を、ぐいっと持ち上げて。

恐怖に震える男の目を覗き込み、底冷えのするような声で言う。

「だから覚えておきなさい。自分が何に喧嘩を売ったのか」

支配人はあっけなく気を失った。

「ひー、ひー、え、エレミア陛下におかれてはご機嫌麗しく……このダニエル、心からお慶び申し上げます、ごほ、ごほっ！　こ、この度は、犯罪者を成敗なされたということで、ええ、本当に、有り難く思っておりますぞ、はい」

§

次から次へ展開する事態に、レザはポカンとしていた。

街の暗部の一角を担っていた支配人が、数秒もしないうちに叩き潰され。

エレミアが念話を始めたら、三〇分もしないうちに、やたら豪華な馬車が走ってきたのだ。

恐ろしいスピード感であった。

そしてエレミアにペコペコする、すごく偉そうな身分の人を見て、本当にあの坊やは何者なんだろう？　と首を傾げる。

「悪いわね、後始末手伝わせちゃって」

「いえいえ！　もう、これっぽっちも、全然お気になさらず！　是非、是非ですな、このダニエルを頼って頂ければ……！」

ダニエルが呼ばれたのは、割とひどい理由である。ゴロツキをぶっ飛ばしたエレミアが、さてこの後どうしようと困って、知り合いのルナリアに『王女だしなんとかしてくれるかも！』と念話を送ったのである。

王女から『街で不死女王が、ならず者を半殺しにしたそうです』と聞かされ、宰相は走った。

馬車を飛ばし、猛スピードで駆けつけた。

そう、全ては王都をとばっちりから守るために！

なにせ英雄一行、手加減については全く信頼が無ぃ。

「しっかし、あのアホに召喚されて何事かと思えば、コレだもの。さて、それじゃ私は帰るけど……その前に、あいつを呼ばないとね」

『貴方のお友達が危ない目に遭ったから、助けといたけど。ちょっと面貸しなさい』

そう、ユーリに念話を送ろうとしたところ。

貴方のお友達が危ない、のところでピカピカ虚空が点滅し、救世の勇者が空間転移でやって来た。それはもう、おまえ邪神倒すときより気合い入ってるな、という感じで。

「くそっ、レザさんに手を出すとはいい度胸だ！　この俺ユーリと、エレミアと、ついでにルキウスとアガメムノンも呼んで、叩きのめしてやるからな！」

ひどく自然に、エレミアと背中合わせに立って、死角を潰す。半年間の冒険の際に、よく取っていた戦闘態勢だ。

当たり前のように召喚術式を起動しようとして、周囲を見渡し、死屍累々、怪我人だらけの状況を確認して、一言。

「あれ、もう終わってね？」

「……貴方の友達が危ない目に遭ったから、助けたんだけどね。最後まで聞きなさいよ。まあいいわ。取り敢えず……よくも昼寝の邪魔をしてくれたわねヤリチ○！」

「ぐげっ」

いい感じに右ストレートが決まり、勇者が吹っ飛ぶ。

ゴロゴロ、バタンと豪快に転がり、倒れ、そして何事も無かったように立ち上がった。

「いってーな！　でも俺が悪かった！　ゴメン！」

「まったく。次は自分自身を召喚しなさいよ」

「あー、でも召喚術式って、自分呼ぶとループして壊れるんだよ」

「ああ、そうだっけ。今度アガメムノンあたりに、抜け道ないか聞いてみましょ。じゃ、私は帰るから」

「おう、サンキュー」

そうしてエレミアが転移で姿を消し。

大きな大きなため息を吐いたのは、宰相ダニエルである。

大体の事情は聞いているが、それにしたってこれはない。なんで勇者様は、チンピラ相手に邪神討伐メンバーを呼ぶのだ！

頭を抱える宰相に、レザが同情するように話しかけた。

「貴方も、あの坊やの関係者なんでしょう？　お疲れ様。あの子はちょっと、過保護すぎるわね」

「……どなたか存じませぬが、ええ、そのようで。もうちょっと、穏便な相手を呼んでくれないものかと……」

「私も、このお守りがこんなに大袈裟なものだったなんて、知らなかったわ。大丈夫、坊やにはちゃんと言っておくから。でも、その前に」

つかつかとユーリの前に近付いていくレザ。その顔は上気して、どこか、恋した乙女のよう。

「ねえ、坊や」

「あ、レザさん！　大丈夫でした!?　いやー、まっさか数時間で発動するなんてビックリで……んっ!?」

柔らかな手が、ユーリの頬を固定して、強引に奪うようなキス。

それは甘く、情熱的で、ロマンティックな口付けだった。

「ふふ、ありがと……坊やって、まるで白馬の王子様ね。これは、女の子が放っておかないわけだわ」

「ぶはっ！　そ、それは勘弁っ！　ガラでもない！」

そんなやり取りを横目に、宰相は思う。あんた世界救った勇者だろ！　と。

§

「おお、それはそれは大変でしたな……ええと、レザ嬢と仰るか。この王も、まだまだ目が行き届かぬ場所があると知り、恥じ入るばかりでありますぞ」

「え、えっと、そんなことは……」

レザは困っていた。

店の支配人、それに手下は完膚なきに壊滅したのだが、それでお終いとはならず。

まずダニエルが「そうだ、まだどこかに残党がおるやもしれませぬ！　どうでしょう、レザ嬢はひとまず、王宮にお越し頂いては？」とか言い出して、何だそれと思い。

「ああ、王宮なら安全だもんなー」などと、さも当然のようにのたまうユーリに、目を丸くし。

豪勢な馬車に乗せられ、辿り着いたのは本当に王宮で。謁見の間、当たり前のように置かれたフカフカのソファーに座り、国王におべっかを使われる。

わけが分からなかった。

「いやー、でもビックリしたなあ。優良店だと思ったら、そんな裏があったとは」

「……私は坊やの方がビックリよ。こ、国王陛下とお知り合いって、どういうこと？　そんなに偉い人だったの？」

「いやあ、そんな大した地位じゃ無いですよ」

国王と宰相は二人して、思わず顔を覆った。

やばい。こいつ本当に、何も自覚がない。

「……あの。勇者様は、侯爵になられておりますが」

「そうだった！　やべ！」

その会話を聞いて、レザが目を白黒させる。

「え、勇者？　侯爵？」

嘘みたいな話だが、言われてみれば、全てに説明が付いてしまう。

あの効果ありすぎアミュレット、世界最強の用心棒、超特急で駆けつける宰相。

異常な出来事の数々が、勇者だからの一言で片付けられてしまうのだ。

はあ、と息を吸い込むと、レザは思う。救世の勇者様。

そう身構えて、じっと顔を覗き込むのだけれど。

でもやっぱり、何度見たって、彼は手のかかる弟のような存在で。

「はあ……ねえ坊や、あまり大人を困らせてはダメよ？　もう、ちゃんと言ってくれなきゃ、心臓に悪いわ」

「なんかごめんなさい！」

結局、こういう関係がしっくり来るのだ。今更、勇者様と呼ぶのは似合わない。不思議なくらい清々しい気分で、レザはそう開き直った。

そのやり取りを見て、国王と宰相の心は一つになる。

やっと、勇者に常識的なストッパー候補が現れた!!

「いやあ、めでたしめでたしですな！　ときにレザ嬢、事が落ち着くまでは、王宮でお過ごし頂こうと思っておったのですが……如何でしょう。いっそ、勇者様の相談役などされては？」

「おお、宰相の名案じゃ。うむうむ、勇者様も時には人の意見が必要になりましょう。相談役、実に結構なことかと」

「ええ!?」

もう身分がどうこう言ってる場合ではない。国王も宰相も必死である。

レザは突然の無茶ぶりにフリーズしてしまった。

「あの、お気付きでないかもしれないから、はっきり言いますけど。私は娼婦よ。侯爵の相談役なんて、外向きには不味いでしょう？」

「いやいやいや！　この王が見る限り、レザ嬢は相談役に向いていると思いますぞ！」

「この宰相も、身分より適正だと思いますな！」

二人とも、ユーリをチラチラ見ながら、あからさまなポジショントーク。勇者を怒らせていいことは無い。それに彼らにはストッパーが必要なのだ。

こんな人材、絶対逃がすもんか！

彼らの目は、雄弁であった。

「うーん、レザさん、その、どうでしょ？　いきなりの転職になっちゃうし、まだ何も条件決まってないんですが……俺は、相談役してくれると、嬉しいなあ」

「……はあ。ズルいわよ、坊や。そんな目で頼まれたら、お姉さん、断れないわ」

「じゃあ……！」

「いいわよ。こうなったら、相談役でも何でも、やってみるわ」

「やったあ！」

わーいわーいとクルクル回って喜ぶ勇者。それを国王と宰相が、パチパチ手を叩いて祝福する。

そんな茶番劇のようなやり取りが一段落して、こほんとレザが咳払いした。

「ただ、お店の方はどうしようかしら。本当はね、私みたいな仕事は、明日辞めますって言って、そうそう辞められるものでは無いのよ？　今回は、ううん、特例っぽいけれど」

「あー。全員エレミアが沈めちゃったもんなー。また起こして『話し合い』します？　俺が直接話すか、もっと強面のやつを連れてきますよ！　竜王と魔王が並べば、すっごい威圧面接で効果抜群間違いなし！」

恐ろしいことを言う。

国王と宰相は、地面に穴が空いて落っこちるような気分である。

「ゆ、ゆゆゆ勇者様、それはその……！」

「こーら、駄目でしょう坊や。話を大きくしないの。本当に過保護なんだから」

コツンと頭を小突かれて、「すみませーん」と、何処か嬉しそうに笑うユーリ。心底ほっとして胸をなで下ろす、国王と宰相である。

「勇者様、話し合いならこのダニエルにお任せを！　レザ嬢が足を運ばずとも、万事丸く収めてみせましょうぞ！」

「あ、宰相さんなら大丈夫かもなー。俺よりずっと交渉上手だし」

「はっはっは、このダニエル、海千山千の商人ども相手にやりあっておりますからな！　ではレザ嬢、後ほど少しよろしいですかな？　どの方々に話を通せばよいのか、お聞きしたいもので」

こうして宰相は、またも王都の危機を救ったのであった。

なお、半殺しにされて伸びていたごろつきと支配人は、衛兵に捕らえられ、監獄送りにされた。鮮やかな交渉の手腕（物理）である。

経営者も男性スタッフも全員いなくなった店は、なぜかユーリの物になるという不思議現象が発生し、顛末を聞かされたレザは首を傾げた。

「えっと……？　宰相さん、私、どうも理由が分からないんだけれど……」

「勇者様も、羽を伸ばしたいことはありましょう。であれば、先んじて用意して、悪いことはありますまい」

宰相ダニエル。仕事が出来る男である。

第四章　聖女様　対　邪神の邪淫

この世界には、最大宗教としてミュトラス女神教というものがある。

戒律は大分ゆるくて、楽観的な宗教だ。慈善事業もしており、民衆からの信仰も篤い。

そんなミュトラス教団の神殿で、一人の少女が祈りを捧げていた。

「……………聖女様、ご神託は」

仕えている女神官が、恭しく聞く相手。聖女ベアトリス、神殿の頂点にいる娘である。年は一七歳。巫女ばかりの神殿で、汚れを知らずに育ってきた、本物の箱入り娘だ。

「救世の勇者様をお呼びし、巫女に会わせるようにと。巫女には、人を愛するにもっとも優れた者を選びなさい、とのお告げです」

「まあ！　それでは、やはり聖女様ご自身が……」

「わたくしとは限りませんよ。もっとも優れた者をお決めになるのは、皆様のご意志です」

「それでも、私は聖女様を推薦しますよ！」

「ふふ、ありがとう、レナ」

柔らかく微笑むが、その瞳には意を決したような光が宿っている。その様子は、信仰に全てを捧げる、『聖女』そのものである。

しかしそんな聖女を、お付きの神官は俗っぽい目で見ていた。

（うわー、聖女様ってすごいカラダしてるよね。胸すごいし腰細いし。そりゃまあ、人を愛するのにはベストだわー）

ミュトラス女神教。戒律はゆるくいい加減な宗教。

十代の少女が集まる神殿では、『なるべく』純潔を保つようにと言われてるが、彼氏持ちは沢山いるし、『なるべく』は『なるべく』でしかない。

また、同性どうしの関係については神様ノーコメントなので、百合百合になってしまう巫女も多かった。

「しかし……レナ。以前あなたから、勇者様が邪神の邪淫に苦しんでおられると、噂を教えてもらいました。このタイミングで、この神託……やはり勇者様は、今なお邪神の残滓と戦っておられるのですね……」

「そ、そうかもしれませんね……！」

（やべっ、どうしよ！　聖女様、本気にしちゃってるよ！）

王宮から流れてきた噂を聖女に吹き込んだのは、確かに神官である。

『邪神の残滓』とか『邪神の邪淫』なんてパワーワードが入ってたので、テキトーに面白おかしい話にして喋ったら、この通り、本気にされてしまったのだ。純粋無垢なのも考え物である。

かくして、救世の勇者に神殿からの招待状が飛んでいった。

§

「お参り？」

「ええ、ミュトラス神殿にお参りはどうかって。それに聖女様が、お話があるそうよ」

「うーん、神殿かあ、面倒いなあ……聖女様には、一度会ってみたいけど」

「あら、まさか聖女様にも手を出すの？　一応、戒律で一七歳までは清い身でいる決まりなのよ。気を付けてね」

「……ち、違うってば！」

違う。

違うが、内心『ファンタジーお約束だ！　美少女間違いなし！』とか思っていたのは事実である。

「んー、お姉さん心配だわ。王女殿下、今代の聖女様は、今年で一七歳になったばかりなの」

「……救世の勇者様だと、ちょっとくらいのおイタも、無かったことになっちゃうしなぁ……わたしも、本当に心配になってきちゃった」

「ううう……」

余りの信頼のなさに泣き崩れるユーリ。崩れる先は、控えているクレアのおっぱいである。隙なく着込んだエプロンドレスを、たっぷり持ち上げるバストへ、さも当然のように顔を預ける。ぽよんと弾んで気持ちがいい。

「あんっ、勇者様ったら、本当に女性の胸がお好きなんですね……ふふ、今夜はその……どうしますか？」

「是非、お願いします……！」

さらっと夜伽の相談を始めてしまう二人。

頭を抱えるのは、意外にも元娼婦であるレザだった。

「ねえ坊や。お姉さん、ちょっと爛れた生活を送りすぎだと思うの」

「う。や、やっぱりそうかなあ……？」

「当たり前でしょう。そりゃ、まあ、坊やは魅力的だし、格好いいし。女の子が放っておかないのも分かるけれど……」

もじもじ手を動かしながら、ごにょごにょ呟くレザを見て、王女とメイドは思わず目を合わせた。

なにこの可愛い生き物……！

大人の余裕を見せつつも、恋する乙女への転換が早すぎである。

しかし離宮の風紀が乱れまくりで、毎日がベッドの上の謝肉祭なのも事実であった。ストッパーがいるのも、重要なことなのだ。

「この際、神殿にお参りするのもいいかもしれないわね。坊やの煩悩も……まあ、ちょっとは、弱まる……かもしれないし」

「ふふっ、それにね、ミュトラス様は女の子の味方なのよ。子宝を授けてくれたり、夜のあれこれが上手く行くようにしてくれる、とてもいい女神様なの。ね、ほら、ピッタリでしょ？」

ルナリアの援護射撃に、何がピッタリなんだよぅ！　と叫びたくなるユーリである。しかしクレアが、意味ありげにお腹を撫でつつ、

「安産の加護もしてくださるそうです……あの、今は必要ないかもしれませんが、この先は分かりませんから……」

「あっ、はい」

妊娠してない筈なのに、滲み出る圧倒的母性。流石の勇者も抵抗できず、即座に肯定してしまう。

こうしてユーリは、ミュトラスの神殿に行くことになった。

§

「なんか違う……」

馬車に揺られること一時間。

王都近くの丘の上、七階建ての神殿にやって来たユーリは、カルチャーショックに呆然と突っ立っていた。

入り口の門に飾られた、パチンコの開店記念みたいな盛大な花輪。

上の階から、きゃーきゃーと黄色い声を上げて花びらを撒き散らす女の子達。

「ささっ、どうぞこちらへ、勇者さまっ！」

「は、はあ……」

なんだろう。すごく、神殿っぽくないのである。

色使いも派手だ。赤とかオレンジとか、鮮やかな原色で塗られた建物。

中に入ると、これまたド派手にペイントされた神像が並んでいたりする。

「ねえねえ、思ったより全然若いね！」

「うん、ちょっと子供っぽいよね……えへへ、女神の教え、手取り足取り教えてあげたり……じゅるり」

「こらー、妄想やめろー。カレシ持ちは自重しろよー」

「はーい」

白い法衣を着た、巫女らしき女の子達が、きゃぴきゃぴ噂話をしていた。

内容はほぼ、女子高生の放課後トーク。しかも割とえげつない。

「うふふ、みんな、勇者様に夢中のようです」

「そ、それはどうも……」

なんだか凄く、某離宮みたいな雰囲気の場所である。

そう思い至ってしまった勇者は、慌ててブンブン首を振った。ここは神殿！　清浄な乙女の集まる場所！　今日はお参り！　そう必死に自分に言い聞かせる。

「噂だと、すっごい絶倫なんだってー」

「え、マジ？　わー、顔によらないわねー」

そして聞こえてきた会話にコケそうになった。

ミュトラス女神教。戒律も規律もゆるい宗教である。

§

「それでは勇者様、聖女様のいらっしゃる聖所へとご案内します」

女神官に案内され、階段を上り上階へと向かう。四階くらいまでは女子の噂話に満ち満ちた、女子校空間であったが、そこから先は段々静かになっていき、人の数も減っていった。

いよいよ最上階……と思いきや、その一つ前で足を止める。

「最上階は、至聖所となっております。聖女様に同行頂かなくては、入ることは出来ません。大変申し訳ありませんが、顔合わせはこちらの階でお願いしたく……」

「あ、分かりました」

別にユーリも、そこまで信心深いわけではない。言ってしまえば、異世界初のお参りと、お土産に護符でも買おうという物見遊山が主目的である。

そうして広間に入ると、一段高くなった壇上に、その少女が立っていた。

「嗚呼、勇者様……お待ちしておりました。わたくし、今代の聖女、ベアトリスと申します。以後、お見知り置きを」

「……はい……」

一瞬、頭から思考が抜け落ちてしまう。

日の光を背後に立つ少女は、まるで妖精のような、神秘的な美貌の持ち主だった。月の光のように輝くプラチナブロンドの髪。

煌めきながら豊かに伸びて、腰下まで届きそうなそれは、貴金属などより遙かに美しい。白金のような、と喩えることが不適切なくらいだ。

話によれば、一七歳の筈である。なるほど、まだ可愛らしさを残した顔立ち。

浮かべる表情は柔らかで、ふんわかしたムードを漂わせている。

「本日お呼びしましたのは、他でもありません。我らが女神、ミュトラス様より神託が下り、勇者様と『人を愛するに、もっとも優れた者』を会わせるように言われたのです。お恥ずかしながら、神殿の総意により、このわたくしが選ばれる運びとなりました」

「……はあ。人を愛するのに、もっとも優れている、と」

ベアトリスの顔をしげしげと眺め、ユーリは惚けてしまっていた。すごい美人だ。

そして視線を下に移し……薄手の法衣が、逆光により透き通って、神託の意味を明らかにする。

何食べたらそうなるの、と言いたくなるくらい育ちまくったバスト。そのくせ、蜂のように括れたウェスト。その下は、いかにも元気な赤ちゃんが産めそうな、安産ヒップにむっちり太もも。

そりゃもう、人を愛するのに優れてるだろ、と言いたくなるわがままボディ。

シルエットだけで唾を呑み込んでしまう、悩ましいボディライン。ユーリはもうガン見である。

その様子を確かめ、ベアトリスが優しく微笑む。堂々たる覗き魔を前に、まさしく聖女の微笑みであった。

「それではどうぞ、ご覧くださいませ」

「へ？」

いきなり法衣を左右に開け、裸体をさらけ出す聖女様。ユーリはパニクる。

パニクるが、ガン見してしまう。聖女様、乳首は綺麗なピンク色。ぷるんとまろびでたバストは、もうIカップは確実にありそうな圧倒的爆乳。そして陰毛は……プラチナブロンド！

救世の勇者は、それはもうしげしげと、自然の生み出した奇跡の愛されボディをガン見していた。なので、横で女神官が拳を握り、人差し指と中指の間から親指を出して、イケます聖女様！　と合図していたのには気付かなかった。

聖女が生唾を飲むような裸体をさらけ出して、たっぷり三〇秒ほどが過ぎた。

存在自体がセックスみたいな裸を凝視し、メモリに焼き付けていたユーリであるが、ようやくプロセスが再起動し。

「わわっ！　ま、不味いってば！」

手をぶんぶん振って顔を背ける。惜しい。三〇秒遅かった。

「大丈夫です。ミュトラス様に育んで頂いたこの体、恥じるところは何もありません……！　それに、勇者様に見られると何だか、胸がドキドキして……」

どうしよう。

あまりの急展開に目を白黒させたユーリは、横に控えた女神官に助けを求める。

しかし彼女は、ホホホとわざとらしく笑うと、

「それでは後は、ミュトラス様に選ばれたお二人で……」

「えー!?」

お見合いの席を立つ家族みたいなノリで、そそくさと部屋を去ってしまう。その逃げ足の、なんという鮮やかさ。

「え、えっと、ベアトリス様……」

「救世の勇者様に、そのような呼び方をされては……ベアトリス、と呼び捨てになさってください」

「じゃ、じゃあ、ベアトリス……」

「はいっ！　何でしょう！」

ぐっと拳を握り、ずずいっと近付いてくる。明るくて積極的で、凄く可愛いのだが、しかし全裸。

「あの、女の子が、男の前に裸を晒したりしちゃ、いけないと思うんだよ、うん。もっと自分を大切にしなきゃ。男はみんな、狼なんだから」

言ってることは正しいが、超白々しい。

時として、正しいことを伝えるには、正しい人物が言わなければいけない。今回は赤点失格であった。

「大丈夫です、わたくしは女神様に仕える身。この年まで、殿方には触れぬまま過ごして参りました」

「いや、俺、殿方なんだけど」

「勇者様ですからっ！」

話が通じない。

それどころか、ベアトリスは更に一歩近付いて、ぷるんと弾むバストが、ユーリの腕に触れそうになる。すごく近い。いい匂いがする。

「お聞きしたんです、勇者様が、邪神の邪淫と戦っておられると……！　邪淫とは何か、わたくしは無知にも知りませんでしたが……女の人が、欲しくなることだと、レナが教えてくれました！」

ユーリは膝から崩れ落ちそうになった。

確かに、そんな言い訳を考えたことはある。しかし、よりにもよって、ここで蒸し返すのかよ！　と。

何というかカルマであった。

「だから、その……えいっ」

「！！？」

ぷるん、ぽよよん。

いきなり抱き付いてきた聖女様の、Ｉカップのお胸様が、胸板にぶつかる音である。でかい。そして、柔らかい。

勇者は反応が取れなくなった。

動けない勇者の代わりに、股ぐらの聖剣の方は、ビクンと反応して立ち上がってしまう。

「いかがですか？　女の人が欲しくなる、というのは、触りたくなるということなのかな、と思ったのですが……」

「ソウデスネー」

歴代の聖女の中でも、際だって清い心を持つ乙女と評判のベアトリス。

勇者を見上げる瞳は、キラキラ輝いていて、疑いを知らぬ心をお持ちなのが分かってしまう。

そんな娘に、俺は……！

勇者が意を決して、心を奮い立たせる。邪神を倒した心、不撓不屈の精神を燃え立たせ、遂に、とうとう、少女のからだを引き離そうとして、

「んっ……カタい、です」

「わわっ!?」

背中に絡み付く嫋やかな手。股ぐらに押し付けられる、純真な少女の下腹部。

少女の肢体にモノを押し付けてしまい、衝撃にユーリはフリーズした。

「レナに聞いた通りです……！　女の人が欲しくなると、殿方はこちらが固くなるのだと……やはり、勇者様は、邪淫に苦しめられているのですね……んっ」

ちゅっ。

突然のキス。頭一つ分低い彼女が、首筋に手を回し、縋り付くように口付けてきた。

ちゅ、ちゅっと、辿々しくて啄むようなキスを繰り返す。

香しい乙女の匂い。ぷるぷるして、瑞々しくて、柔らかい乙女の唇。

上手い下手ではなく、ただ、尊かった。

「ん、むぅっ……」

「はむ、ちゅっ、ふぅっ……」

これは相手の戦力強すぎだし、不撓不屈の精神が負けちゃっても仕方ないよね。

あっという間に折れた勇者が、聖女の腰に手を回して抱き寄せる。窪んだラインを撫でて、すごい括れだと驚いた。

「ちゅっ、むちゅっ……んっ」

うっとりと瞳を閉じ、縋り付いてキスを繰り返す絶世の美少女。

ユーリはもう堪らず、つい習慣で舌を出し、歯をコツコツノックしてディープキスの合図をしてしまう。

すると聖女様も可愛い口を開いて、ぺろぺろチュッチュと舌出しして応えてくれる。

ファーストキスなのに、舌を絡ませ唾液を交換、蕩けるような深みに嵌まってしまった。

「ぷはっ……」

「ん、ああっ……」

ようやく唇を離すと、互いの口を伝う銀の糸。

とろんと瞳を開いた聖女様は、頬を真っ赤に染めながら、物足りなそうに上目遣い。

勇者の中の悪魔が『もうこれオッケーだろいっちゃえよ』と囁き、天使が『何も知らない少女を毒牙にかけるなど……ここは実地で性教育です！』と語りかける。どっちもロクなものではない。

葛藤する勇者の両手を、聖女の小さな手がきゅっと掴んだ。

真っ直ぐな瞳がユーリを見つめ、歌うような声音が囁きかける。

「勇者様、至聖所に参りませんか？　場所を変えて、お話がしたいんです……」

「う、うん、そうだな。場所を変えよう、うん」

「それでは、こちらへ来てください」

二人でお手々を恋人握り。しかも片方は全裸の女の子で、男の方はフル勃起でズボンを膨らませたまま。

これは絶対天罰だな、と思いつつ、ユーリは至聖所へと足を運んだ。

§

「これが至聖所……ヤ・リベヤです」

「この名前考えた奴、ちょっと出てこい」

至聖所は超絶俗っぽかった。

ピカピカ輝くピンクの布地で飾られた、大きな寝台。なんとハート型である。

枕には神聖文字で『ＹＥＳ』を意味する単語が刺繍されていた。

部屋の片隅には、簡易シャワーまで用意してある手の込みよう。

「ここは代々、神殿の聖女と、聖女に許された者だけが入れる場所。ここでなら、勇者様の戦いを、お手伝いできると思うんです……！」

これは、なるほど。普通の巫女は立ち入り禁止になるわ。

ユーリはすごく納得した。今まで見てきた、風紀が乱れまくりな巫女達に、こんな場所を開放したら、どうなるか目に見えてる。

「ん……？　なんだか、甘い匂いがする」

「神殿に伝わる、秘伝の香を焚いています。レナが言うには、殿方を鎮めるには最適な品だと」

「なんか効果が読めたぞ！」

リラックスを狙ったものでないのは、火を見るより明らか。

しかしそれより効果が大きいのは、目の前に立つ聖女自身であった。

「それでは勇者様、お召し物を……」

「きゃっ！　殿方の肌を見るのは、初めてですっ……」

慣れない手つきで服を脱がされ、勇者はなされるがままだった。

胸板を見るだけで真っ赤になった聖女様が、跪いてズボンにも手を伸ばし、ぶるんとペニスを解放してしまう。

「……こ、これが……邪神の、残滓に膨らんだ、お大事なのですか……！　こんなに膨れて、なんとお辛そうに……」

流石にいけない。

勇者は聖女に、正しい知識を伝えようと、真摯に言葉を紡ぐことにした。

「これは、どんな男にもある器官なんだよ。その、おしっこをするのに使ったり、あと、えっちなことに使ったり……」

「えっちなこと……ああ、邪淫ですね！　大丈夫です勇者様、レナから全て聞いてします！　どうすればいいかも知っています、わたくしに任せてくださいっ！」

「え？　お、おほっ」

ちゅぽん。

いきなり聖女様がチンポに顔を近付けて、可愛いお口を開いたかと思ったら、そのままぱくり。

湯気が立ちそうなくらい滾ったペニスに、即尺ご奉仕である。

「んっ、ちゅうっ、ちゅちゅっ、ふぅっ」

「ああ、くうっ……い、いきなりこんなの、いけないよ……」

「いけないことなど、何一つありません。これは聖なる行為なのです、勇者様。邪神の残滓は、わたくしが必ず、吸い出して見せますっ」

「うわっ」

妖精のような美少女が、麗しいお顔を歪め、口を窄めてちゅーちゅー吸い立ててくる。それどころか、ぐぽっぐぽっと顔を前後に動かして、竿をしごき始めたではないか。

初めてのつたなさを、熱心さで帳消しにするような、献身的なフェ◯チオだった。

チラチラと、上目遣いに勇者の表情を確認しつつ、試すように舌を絡ませてくる。ほじるように亀頭を舐められ、「おふぅ」と勇者が呻いたのを、聖女様は見逃さない。

「ちゅぽっ、ちゅぽっ、ちゅっ」

「お、おおっ」

小さな口を輪っかのように、亀頭をちゅぽちゅぽ責められて、思わず腰をガクガク揺らしてしまう。

さっき初めてのキスを済ませたばかりの、何も知らない女の子。それが今は自分の腰に縋り付き、ち◯ぽにキスをしているのだ。

興奮しない訳がない。

「はふっ、ふぅっ、んんっ……」

「やばっ、出る、出るっ！」

「んっ、はむっ、んんっ」

最後に残ったひとかけらの善意で、せめて竿を引こうとするユーリ。しかしベアトリスは、腰に縋り付く手を強め、むしろ喉奥まで竿をくわえ込み、離そうとしない。

「あ、ちょ、ううっ！」

びゅぷっ、びゅるるるっ。

煮えたぎった白い毒液が、清浄な乙女の口に雪崩れ込み、咽頭を流れ落ちていく。こく、こくっと喉が動いて、男の穢れを飲み干すのが分かってしまう。

ベアトリスは、勇者が股ぐらから吐き出した邪神の残滓を、懸命に呑み込んでいた。火をかけたスープのように熱くて、ドロドロとして生臭く、けれどどうしてか、胸がドキドキするような味。

口の中でペニスがびゅくびゅく震え、何度も残滓を吐き出してくる。聖女は油断することなく、放出が終わるまで暴れる竿を咥え続けた。

「……んっ、こくっ……♡」

瞳を閉じ、心なしかうっとりした様子で、ザーメンを飲み干す聖女様。

流石に小さなお口では受け止めきれず、暴れたペニスが子種を飛ばして、頬や口元に垂れているのが、ゾクゾクするほどいやらしい。

そして勇者のモノは、すぐにむくむくと元気になってしまった。

「ぷはっ……これが、邪神の残滓、なのですね……」

口元に付いた精液を指で掬うと、興味深そうに眺めるベアトリス。

ユーリはすかさず、性教育を始めようとするのだが、既に先手は打たれていた。

「皆さんから聞いていた通りです……邪神の残滓は、白い毒液となって溢れ出ると。それを浄化するには、女性のお口や、恥ずかしいところ……その、お股の割れ目で受け止めると聞きました。上級者？　になると、お顔や胸にかけてもらうこともあるし、お尻に注いで頂くこともあると聞きましたが……」

まさかの神殿ぐるみである。

いたいけな少女に何てことを！

勇者は怒りに震えたが、よく考えてみると、実地でわいせつに及んでいるのは自分自身なので、全てがブーメランであった。

「今のところは順調ですねっ！　それでは勇者様、続きはあちらの祭壇で行いましょう。聖なる儀式によって、邪神の残滓を出来る限り抜き取るんです。大丈夫、邪神の邪淫は、わたくしが必ず鎮めて見せますっ！」

きゅっと拳を握り、頑張るアピールをするベアトリス。彼女の視線を追うように、『祭壇』とはハート型の特大ベッドを指すようだ。

心の中の悪魔が再び現れ、『よし、行け、流れで行ってしまえ！』と叫ぶ。同じく天使が『今こそ性教育実習編です！』とのたまう。

救世の勇者だって、耐えられる限度があるのだ。

ユーリは我慢ならず、聖女の手を引きベッドに連れ込み、むちむちのカラダに飛び乗った。

「ベアトリス……」

「勇者様……」

聖女の上にのしかかり、覆い被さって、その顔を見つめる。煌めく銀糸の髪の毛。目のあたりでぱっつんと切り揃えられて、下からサファイアブルーの大きな瞳が覗いている。

澄んだ湖を思わせる、零れそうに大きな瞳。まるで童女のように、無邪気な信頼をいっぱいに、微笑みかけてくれる美少女。

それをこれから、自分の色に染め上げるのだ。めっちゃくちゃにしちゃうのだ。

ユーリのモノは痛いほどに膨れあがり、すっかり臨戦態勢だった。

「あーもう、止まれないぞ。これからベアトリスのこと、メチャクチャにしちゃうよ。その、ええと、清いカラダじゃなくなっちゃうし。女の子から、大人の女に変わっちゃうけど。それでも、いい？」

「もちろんですっ。わたくし、ずっと、勇者様に身を捧げて、全身全霊でご奉仕したいと夢見ていました……！」

うん、これ、合意の上だよね。いろいろ勘違いあるけど。

勇者はそう自分を納得させた。後はもういそいそと、合体準備である。『ＹＥＳ』クッションを持ってくると、少女の頭を預けて、少しでも楽な体勢を作ってあげる。

「それでは、勇者様……聖なる儀式を、始めましょう」

ベッドに横たわり、進んで股を開いて、くぱぁと秘部を開いてみせる。誰に吹き込まれたのか、ひどく露骨で、そして興奮させられる仕草。

ユーリは先走りに濡れたモノを、くちゅりと入り口に触れさせた。

伝わってくるのは、少女の熱。ちゅぷり、くちゅりと音がするほど、滴っている愛の蜜。

「んんっ、申し訳ありませんっ……わたくし、勇者様に触れられていたら、お股が疼いて、熱くて……」

「そ、そっかぁ」

にへら、とどうしようもなくだらしない笑みを浮かべてしまうユーリ。

まず先っぽだけ挿れて、先走りで入り口の滑りを良くしようとしたのだが。

デリケートな粘膜を触れ合わせ、擦らせるたび、少女の割れ目はひくひく嬉しそうに震えて、ねえまだ？とねだるように蜜を垂らす。

もう十分だろう。

「挿れるよ」

「あっ……」

ずぷずぷずぷ。

熱くてぬるぬるに潤った、しっとり滑らかな通路。

そこにグロテスクに膨れあがった男性器が、自分の存在を刻み付けていく。

硬い勃起が閉じ目を押し開き、膣を自分の形に広げながら、奥へ奥へと穿ち潜る。

そうしてとうとう、抵抗に出会った。処女の証だ。

一瞬腰を止めたユーリに、聖女が縋り付いてくる。

「どうぞ、来てください……！」

「くうっ」

ぷつり。

刺し貫いてしまえば、それはあっけない抵抗で。

女にされた聖女の、か細い喘ぎが部屋に広がって、消えていく。

「んあっ、ふぅっ……だい、じょうぶです……ちょっとビックリしましたけど、なんだか、凄くドキドキします……！　何でしょう、とっても悪いことをしているような……！」

もちろん悪いことをしている。主に勇者が。

「あー、奥までトロトロ……もう、最後まで入ったよ」

「ひゃんっ、奥でコツってぶつかっちゃいました……んんっ、どうしましょう勇者様っ、わたくし聖なる儀式なのに、なんだか、すっごく気持ち良くて……！」

「うほっ」

もう我慢できない！　とばかり、括れた腰がくねくねと動き出す。

予想外の腰使いに、ユーリは危うく暴発するところだった。

「嗚呼っ、お腹の辺りが、切ないんです……！　あんっ、擦れるの、気持ちいいよぉっ……！」

流石、『人を愛するに、最も優れた巫女』。ロストヴァージンからチ○負けまで、わずか数秒であった。

「え、エロ過ぎ……！」

「あんっ」

もう呑み込まれて中出し一直線のユーリだが、歯を食いしばって耐える。反撃しようと、目の前でぶるんぶるん揺れていた爆乳に手を伸ばした。

むぎゅり。

指が蕩けるような、圧倒的肉感。夢の詰まった柔らかさ。

むぎゅ。むぎゅ。

そのおっぱいとの出会いは、もう、殆ど神秘的だった。忘我の境地に達し、ユーリはむちむちおっぱいを揉みしだいた。止まらない。指の動きが、止められない。

「ひゃんっ、ダメ、おっぱい、そんなにされたら……わたくし、どうにかなってしまいますっ！」

「お、俺もどうにかなりそう……！」

両手でおっぱいを揉みにじりながら、ピストンを始める。腰を大きく引いて、ズコバコと、初体験にするにはちょっと乱暴な動き。

だがベアトリスは、待ちかねたピストンを大歓迎した。

「ふわぁっ！　勇者様ぁ、これしゅごい、しゅごいの、わたくし、ダメになっちゃう！」

力任せに腰を打ち付けるたび、括れた腰が悩ましく揺れ、巨乳が弾み、あんあん甘く喘ぐ。長い銀髪がシーツに広がり、さらさらと流れていた。

もう、全身がセックスに最適に作られている。まるで男に抱かれるために育ったような、いやらしいカラダ。

性の女神様のような肢体を欲しいままにして、ユーリはパンパン腰を振った。気持ち良すぎて、もう何も考えられなかった。

「ああ、もうイクっ、中に……」

いや待て。流石にそれは。

一欠片ばかりの理性が戻ってくる。何も知らない女の子の、勘違いに乗っかって処女を頂いてしまったが、更に生中出しはどうか。

レザの教育の賜物であった。流石に外出ししようと、全精神力を振り絞り、勇者は腰を抜こうとする。

しかし聖女からは逃げられなかった。

「あん、抜いちゃダメですっ……邪神の毒は、わたくしの中で浄化しなきゃ……♡」

「ちょ、まっ」

脚を絡ませ、腰を捕まえてのカニばさみ・だいしゅきホールド。

聖女の隠し技に、勇者はあっけなく敗北した。

「あ、おほっ、ううぅっ」

「あはっ、熱いの出てきましたっ……♡　邪神の残滓、いっぱい抜き取っちゃいます！」

びゅっ、びゅくびゅくっ
二回目でも全く薄まらない、濃厚ザーメンが聖女のお腹に注ぎ込まれる。乙女の子宮めがけ、浅ましい子種が流れ込んでいく。

純粋無垢な美少女に、種付けセクロスする背徳感。ゾクゾクするほど気持ちがいい膣内射精。途中で脚は離されていたのだが、ユーリは構わず腰をヘコヘコ動かして、最後の一滴まで精を注いでしまうのだった。

§

「大変申し訳ありませんでした……」

「ゆ、勇者様、そんな！　顔を上げてください！」

土下座である。

我に返った勇者は、即座に土下座を敢行したのだ。

「ベアトリス……あ、あのさ。実は邪神の残滓とか、その、勘違いで……」

「え？」

「これは、セックスって言ってね。男女が一緒に気持ち良くなって……その、赤ちゃんを作る営みで……」

雄しべが雌しべに入り込んで、精子が卵子にドッキング。

そんな感じの、ざっくり性教育講座（実技後）を行うと、ベアトリスの白い肌が見る見る真っ赤に染まっていく。

「あああ、ど、どうしましょう……わたくし、勇者様と、こここ、子作り、を」

「すまぬ、すまぬ……！　お、俺は、何て浅ましいことを……！」

再びゲザろうとした勇者の手を、ベアトリスの白い手がガッシリ掴む。

ずずいっと顔を寄せて、目をキラキラ輝かせる彼女は、何だか、肉食獣っぽかった。

「で、では！　勇者様とわたくしは、ここで、愛し合ったと言うことですよね！」

「う、うん……」

「じゃあ、邪神の残滓とは関係無しに、わたくしを欲してくださったんですよね……♡」

「も、もちろん！」

「やったあ♪」

むぎゅっと抱きしめられて、勇者は目を白黒させる。あれ、なんか話がおかしくないか。

「わたくし、儀式がとっても気持ち良くって……その、邪神の残滓が消えなければ良いのに、なんて。すごく罪深いことを、心に思ってしまったんです……！　でもこれからは、いっぱい、好きなだけ愛し合っていいんですねっ！」

「え、あ、はいっ」

「それでは早速、愛の結晶を作りましょう、勇者様っ♡　わたくし、最初の赤ちゃんは女の子がいいですっ。でも、双子だったら、もっと嬉しいなあ……」

「ええ、ちょっとー！」

今度は聖女が勇者を押し倒す番だった。

上になったベアトリスは、進んでお股を開いて位置取りをし、狙いを定めて腰を下ろす。

ぬぷぬぷ、ずぷり。

「はぁんっ♡　やっぱり、気持ちいいですっ」

「ああ、こ、こんなの、もうっ……！」

結合したと思ったら、元気よくヒップを跳ねさせ、パコパコ腰振りを始める聖女様。とんでもない少女を目覚めさせてしまったと、ユーリは危機感を覚えるが、後の祭りの自業自得。

至聖所を文字通りのヤリ部屋にして、二人の営みは次の日の朝まで続いた。

§

「昨夜はお楽しみでしたね」

「うっさいよ！」

翌朝。至聖所を下りて、最初に言われた台詞がこれだった。

一つ下の階では、何故か女神官と巫女達が勢揃いで待ち構えており。みんなして人差し指と中指の間に親指を突っ込んで大歓迎。いい根性である。

「お、おまえら……！　ベアトリスに、あることないこと吹き込んで、どう責任取るんだよ、もうっ！」

「ふふっ、責任だなんて……ぽっ」

夜を徹しての営みであったが、聖女の肌はツヤツヤしていて、嬉しそうに笑う余裕もある。

昨夜……というより、昼間から始めたので、ゆうに半日以上。ベアトリスは、巫女達から吹き込まれた『儀式』の数々をユーリに実践した。

ワンちゃんスタイルでお尻を振る儀式だとか、豊満なおっぱいで男性自身を挟んで鎮める儀式だとか、教えた人間の性癖が分かりそうなプレイ揃い。

そうしてユーリは一晩じっくり、美味しく頂かれてしまったのだった。

「まあまあ勇者様。それより、ちょっとこちらへ」

「ん？」

女神官にちょいちょいと招かれて、部屋の隅に連れて行かれる。

そこで彼女が、あっけらかんと話す内容に、ユーリは少し驚いた。

「聖女様って、赤ん坊の頃にこの神殿に捨てられてたんですよ。それからずーーーっと、巫女達を家族に育ってきたんです。でも私、そろそろ本当の家族を持って、幸せになっていいと思うんですよねー」

「え、うーんと……それは、その」

「それじゃ勇者様。私たち、神殿巫女みんなの子供で、みんなの姉妹。聖女様を、どうか末永くお願いしますねっ」

最後に真面目になるなんて、ズルいだろ。

ユーリはそう思いつつ、頭をガシガシ掻いて、

「あーもう、そんなの断れるわけないじゃんか」

「ふふ、やっぱり勇者様は勇者様です。ミュトラス女神の祝福がありますように」

そんなやり取りをする二人に、無邪気な聖女が手をブンブン振って近付いてくる。レナはニッコリ、ユーリは苦笑いを浮かべ、そちらへ向き直った。

「勇者様、お話は終わりましたかー？　レナ、わたくしは勇者様に付いていきますが、ちゃんと折を見て顔を出しますからねっ」

「はーい。聖女様も、どうかお元気で。何かあったら、皆でカチコミしますからっ！」

「おい、何だよそれ！」

こうしてユーリは聖女様をお持ち帰りすることとなり。

「はあ……お姉さん、こうなると思ったわ」

「わ、レザさんの言う通りか……ユーリ様って、本当に目が離せないね」

「な、なんかすんません……」

レザとルナリアにジト目で迎えられ、正座する勇者であった。

§

「ど、どど、どう致しましょうレザさんっ！　離宮に、せ、聖女様がっ！」

「……ヴェラ様。私のことは、呼び捨てでいいのだけれど」

「あら、勇者様が『お姉さんみたい』と慕う方ですもの。数少ない、年上の大人の女性ですし……って、それよりも！　聖女様ですわレザさんっ」

「それよりって……」

離宮のサロン。公爵令嬢ヴェラに相談を持ちかけられ、レザは頭を抱えていた。

ユーリのことは開き直っている。あれは可愛い、年下の坊や。勇者だろうが侯爵だろうが、弟みたいなもの。しかし、他の面子はどうなのだ。

『父から、ユーリ様のよいストッパーになると聞いてるの。頼りにしてるわ、レザさん』

『勇者様は、レザ様には子供のように甘えられています……どうか、勇者様を支えてあげてください』

『にひひっ、アタシえっちなこと沢山覚えて、勇者さまを骨抜きにしちゃうんだっ！　よろしくねっ、レザ姉様っ！』

正真正銘の王女様。元王宮の筆頭メイド。離宮で働くくらいには、育ちの良い侍女。皆が皆、何故だかレザを『お姉さんポジション』として扱うのである。

年齢的には間違っていないのだが、心臓にはよろしくなかった。

「……なんかおかしいわよね、この離宮……やっぱりあの坊やが、ああだからなのかしら」

「はい、聖女様が来られるなんて、わたくしも驚きですのっ！　やはり勇者様は、やることが違いますわ……」

同じ人物に、片方は呆れ、片方は感心している。良かれ悪しかれ、ユーリはやることのスケールが大きいのだ。

「しかしどうしましょう。お恥ずかしながら、聖女様とどう接したらいいのか、わたくし分からないのです」

「まあ、いきなりのことだったものね。でも大丈夫よヴェラ様。聖女様も、お話ししてみると、普通の女の子だわ」

ただし凄くエッチな、とは口にしない。

レザは目を閉じ、聖女の顔を思い浮かべる。確かに神秘的な美貌の持ち主で、時折只ならぬオーラを発していたりもするが、最初に浮かぶのはあの無邪気な笑顔。年齢より幼く感じるくらいだ。

やはり神殿育ちだからか、純粋で裏表の無い性格で、レザが弱いタイプでもあった。

(ああいう子、放っておけないのよね……)

ふう、と息を一つ吐いて、ヴェラに向き直る。

「ヴェラ様は、いつも通りでいいと思うわ。他の子達にも、そう伝えてあげてくれるかしら。むしろ、普通の子として接してあげた方が、あの子も喜ぶと思うわよ」

「ええっ、そ、そんな、恐れ多い……」

「そうして割れ物を扱うように接されて、ヴェラ様は嬉しいかしら？」

ガツンと衝撃を受けたように、ヴェラがよろめく。少し目を閉じ、カッと開いたかと思うと、そこにはもう燃えるような光を宿していて。

「わたくし、目が覚めましたわっ！　諫言ありがとうございます、流石は相談役のレザさんですの！　さて、こうしてはいられません、まずは聖女様にご挨拶を！　それに、お伽衆の皆も呼んで、賑やかに行きましょう！」

「ええ、頑張ってね」

ヴェラは生粋の貴族令嬢。スカートをたくし上げ走る、などということはしない。しかし歩みは力強く、背筋を伸ばして堂々進む姿は、若さ故の勢いに満ちていた。

「あの子も、大概いい子よねえ」

それを見送り、レザは紅茶を口に運ぶ。そして緊張の糸が切れたように、ぐでっとテーブルに突っ伏した。

「……ねえ、なんで皆、私に相談に来るの？　自己紹介の時、元娼婦だって言ったわよね？」

なんかこう、もうちょっと、「あら、あの女が……穢らわしい……ヒソヒソ」みたいな展開があってもいいのではないか。

割とその辺り、覚悟を決めて離宮に来たのだが。蓋を開けると、やれエッチの相談だったり、美容の相談だったり、とにかく色んな話が舞い込んでくる。

王女様にセックスのテクニックを指南する羽目になったときは、けっこう本気で王様を恨んだものだ。

「お疲れのようですね、レザ様」

「だから、私のことはレザでいいわって言ってるじゃ無いの……クレアさん」

「私はメイドですので……」

離宮で一番年齢が近く、数少ない『大人組』であるクレア。

レザが素になって愚痴れる存在でもあった。

「離宮に来られた方は、何と言いますか……育ちが良いのです。皆、まっとうなご両親をお持ちで、愛されて育ったのが分かります。私のような女には……眩しく映ります」

どこか遠くを見るような目で、そう語るクレアを横目に。

ティーカップを持ち上げながら、レザはからかうように嗤いた。

「あら、私なんか貧民街育ちの娼婦だわ。初めて春を売ったのも、あれは幾つの頃だったかしら。両親はすぐ死んじゃってね、もう顔も覚えてないの」

「え……」

「でも見てみなさい。こんな図太く育っているわ。だからクレアさん、貴方みたいな女が、そんな風に自分を貶めなくってもいいでしょ」

そう言われて、クレアは虚を突かれたような表情をする。冷静沈着なメイドにしては珍しい顔だった。

「驚きました。勇者様と、そっくりなことを仰るので」

「ああ、坊やなら言いそうね。あんまり、あの子を心配させないでよ？　私なんか、ちょっと心配させただけで、不死女王様を呼ばれたんだからね……」

今度はレザが遠い目をする。あれは、困った出来事だった。

何となく、クレアには家庭の問題があると当たりが付くが、さてユーリが知ったらどうなるやら。

……まあ、案外その方がいいのかも。

割と強引に解決できてしまいそうな気が、凄くする。だって娼婦一人に、不死女王から宰相から国王まで、豪華キャストが勢揃いだったのだ。

メイドの家庭事情に、魔王や竜王が出てきたって、ぜんぜん不思議じゃないだろう。そう思うと、なんだか可笑しくなってきて。

「やっぱり、撤回するわ。存分に心配させてやりなさいな。きっと、どれくらい大切にされてるか、思い知っちゃうわよ？」

「ふ、不吉なことを言わないでくださいっ。もう……」

クスクス笑うレザに、クレアも釣られて笑い始める。そうして一言。

「やっぱり、レザ様は相談役が天職ですね」

「……意地悪言わないで頂戴……」

勇者付きの相談役レザ。何気に宰相の名采配であった。

聖女様に手を出したり、娼婦を相談役に転職させたり、下半身は大活躍のユーリであるが。

実は冒険者活動も、そこそこには活躍しており、どうにかこうにかEランクに昇格していた。

定期的に討伐依頼を受け始めた彼らは、すぐにギルドの噂の的になっている。

何せ、スケールの違う新人。Eランクパーティーにして、早くも――

「聞いたか？　トラブルメーカーズの噂」

「ああ、ギルド長に何度も呼び出し食らってるっていう……」

「すごい根性だよな」

「真似できねえわ」

早くも、ギルド随一の問題児という評判を得ていたのである。

「ゴブリン討伐依頼は、完遂ですね。おめでとうございます」

「いやあ、楽勝でしたよ、うん」

「まあ、余にかかれば他愛もないことよ」

いつもの受付嬢に依頼完遂の報告をする一行。だが、依頼主からの完了証明を読むうち、徐々に顔が引き攣っていく。

「あの……山が陥没した、とあるんですが。これは……」

「「「それはこいつのせい！」」」


メンバー全員、清々しいほどに他人へ責任転嫁した。相手を指さすのに、コンマ一秒の迷いも無い。

「ルキウスがゴブリンと一緒に、洞窟の支柱も吹っ飛ばすからだろ！」

「アホユーリが、魔法の加減を間違えたせいだ！」

「アガメムノンは、ブレスでゴブリンを燻し出そうとか、バカなことをやったわよね」

「エレミアが召喚したアンデッド、大きすぎて天井を崩しておったのう」

醜く責任をなすり付け合う仲間たち。友情の美しさである。受付嬢は額を手で押さえつつ、絞り出すように言った。

「あまり、被害を大きくするのは止めてくださいね……その、今回は、無人の山地ですから、良いです。村の方からも、問題が大本から無くなったと褒められています。ただ、これをいろいろな場所でされると……」

「き、気を付けるわよ、うん」

「本当にお願いします」

マジ顔の受付嬢に、念押しされる四人。実は似たようなことを何度も起こして、ギルド長に呼び出しを食らっているのだが。

毎度毎度、出てくるたびに「いやあ、絞られちゃったなあ」「力加減って割と難しいのよね」「余も明日から気を付けよう」「わしも次からは気を付けるぞ」などと、全然反省の色が見られない会話をしており。

一部冒険者の間では『真の勇者』と、冗談交じりに称されていた。


さて、毎度後始末をしているギルドはと言うと……。


「ギルド長！　またあの四人ですっ！」

「おう、例の四人か。今度は何やった？」

「ゴブリン討伐で、『間違えて』洞窟ごと山を陥没させたそうです……」

「すげーなおい。オレも長いことギルドにいるが、そこまでスケールのデカいミスは初めて聞くわ」

ギルド長の部屋。いつも四人の対応をする受付嬢が、頭痛を堪えながら報告を行っていた。

歴戦の勇士であるギルド長は、傷だらけの顔にムキムキの筋肉ダルマという、絵に描いたような怖いオッサンである。

人相が悪く、実力も高く、呼び出されたら寿命が縮むと評判だ。毎回けろりとした顔で出てくるのは、例の四人くらいのものである。

「この間は、森の一角を更地にしてたっけか」

「洞窟熊を追いかけていたら、見失ったので、森ごと倒したと言っていましたね」

「討伐部位はどうしたと聞いたら、誰が食ったかで喧嘩になったな。……あいつら、冒険者の自覚あんのか？」

「無いと思います」

バッサリであった。

「Dランクでも厳しい魔物なのにな。なあ、お前はどう思う？　あいつら、さっさと昇格させちまうべきかね」

「……不思議ですよ。あんなに安心して送り出せるパーティーは、他にいません。どんな目に遭っても、あの調子で帰ってくるんだろうな、って予想が付きます」

「確かに」

「ですが、あんなに心配なパーティーも他にいません。何をしでかすか、全く読めないんです。こっちの説教も堪えてませんし……」

「だよなあ……」


そんな会話がされているとは露知らず。

問題児四人組は、ギルド併設の食堂でテーブルを囲み、昼間からエールをあおってカード遊びなどやっていた。

冒険者の名誉のために言えば、昼間から酒浸りになるような冒険者はいない。依頼を終えて、一日の締めに盛大に酒盛りをするから、冒険者＝酒盛りと思われるだけで、昼間から飲んでいたらただのロクでなしである。

もちろん、四人はロクでなしであった。

「ぬー、ワンペアっ！」

「ふははは、へっぽこ勇者め、余のツーペアに震えるがいい……！」

「ほほ、わしもツーペアじゃぞ」

「はんっ、ザコ共、私のフルハウスを喰らいなさい！」

ぎゃーっと三人が盛大に悲鳴を上げる。

そしてエレミアのテーブルに、銅貨が積まれる。紛うことなきバクチである。昼間から酒にバクチ。冒険者の下限に果敢に挑むスタイルであった。

なお、山岳陥没の件は、既に頭から飛んでしまっている。

「……お暇そうですね？」

そこへ、打ち合わせから戻ってきた受付嬢が、地を這うような声で話しかけた。四人の背中がビクンと震える。こんなとこばっかり、息がピッタリな四人であった。

「ほ、ほら、今回はヤバい依頼だったからさ！　命がけの冒険の後に、息抜きを……！」

「そ、そうなのじゃよ！　なにせ、いきなり洞窟が崩れ始めたから、ダッシュで逃げるので必死で……！」

なお、ここまでで、ゴブリンについての言及はない。村の周囲に現れたゴブリンの間引きが依頼だったのに、わざわざゴブリンの巣までノコノコ出向き、何体いたのかも分からないのを全滅させて、この反応。

頼りになるのか、ならないのか。不思議な連中だと、彼女は思う。

「はあ……本当に、不思議な人たちですね。ところで、そろそろパーティー名は決めないんですか？」

「パーティー名？　へえ。そんなもの、決めるものなの？」

「ええ、普通は……だって、この先、指名依頼ということもあるでしょう。そのとき、『あの四人にお願いします』じゃ困ります」

「ほほう、なるほどのう。それはそうじゃわい」

四人は腕を組み、パーティー名について思案を始めた。そして真っ先に、エレミアが自信満々で宣言する。

「救世主ゴッドスレイヤーズ！」

「却下」「却下じゃ」「安直すぎるぞ」「そういうのは止めてください！」

他の三人だけでなく、受付嬢までがダメ出しに加わった。ちょっとスケールが大きすぎたかしら、とエレミアは首を傾げる。

「むむ、余に霊感が……そう、暗黒の淵から産まれし新月の子ら、とか……」

「長くて覚えづらい名前は、オススメしませんよ？」

「ここはシンプルに、ドラゴン冒険隊でどうじゃろう」

「ドラゴンはアガメムノンさんだけですよね？」

何だかんだ、受付嬢も会話に入って来て、いろんな名前を出しては、取り下げたり却下したり。

そうして話している中で、ルキウスが思い出したように呟いた。

「そう言えば、さきほど聞こえてきたのだが。余らをトラブルメーカーズ、と呼んでいる連中がいたな」

「へえ。トラブルメーカーズ……ふうん、へえ、なるほど」

「何だかこう、心がざわつく名前じゃのう。わしの心の、純粋な部分に訴えてくる……」

「俺も、なんかワクワクして来たぞ……よっしゃ！」

「うむ、決まりであるな」

「これで決まりね」

「え？　ええっ!?　本気ですか!?」

それ褒め言葉じゃないと思うけど。

そう受付嬢は口を引き攣らせるが、何せ筋金入りの悪ガキたち。

これしかないと決めてしまい、結局、冒険者パーティー『トラブルメーカーズ』が発足した。

かくして、冒険者ギルド史上に残る大問題児パーティーが誕生したのである。

名が体を表し過ぎな連中であった。

§

バンっと音が鳴り、ギルドの扉が開く。

たった今結成された冒険者パーティー、「トラブルメーカーズ」の面々は、入って来た人物を見て驚いた。

ぱっと見、七、八歳くらいの少女である。

それが全身をボロボロにして、泣きそうに顔を歪め、こう叫んだのだ。

「おねがい、誰かお姉ちゃんを助けてっ……！」

五人はガタリと席を立った。

「ど、どうしたんですかっ」

「おやおや、どうも穏やかでないのう」

「一体どうしたのだ。余に話してみるがよい」

受付嬢を先頭に、少女から話を聞くと。

どうも、二日ほど前に姉が行方不明になったということだった。

それで必死に探していたら、貴族地区の外れにある、ヨラム男爵邸の近くで目撃した人がいたという。

少女は当然、衛兵にそれを伝えたが、取り合ってもらえなかったそうだ。

「ううん……困りましたね。冒険者ギルドも、街の治安に関わる依頼は出せないのです……」

受付嬢が困り切った顔で言う。まあ、もし冒険者が衛兵の真似事をすれば、自警団が無秩序に出来てしまうから、仕方ない話ではある。

ただそれも、衛兵が機能すればという話。

貴族相手となると、どうしても腰は重くなるし、最悪グルということもある。

小さな女の子には酷な話だが、冒険者だって、そこまで自由というわけでは無い。わけではない、のだが……。

「よっし任せろ！　俺たち冒険者パーティー、トラブルメーカーズが、その依頼請け負った！」

「ふふっ、結成祝いに丁度いい依頼じゃないの。腕が鳴るわ」

「ククク、余の闇に染まった右腕が疼いておる……！」

「それに暇そうなの、わしら四人だけじゃしのう」

問題児パーティーは、自由な上に暇であった。

ギルドを通してもいないのに、流れだけで依頼を受けて、報酬の話を聞きもしない。ルキウスが女の子の頭をわしわし撫でて、「まあ任せておくが良いのだ」とか言っている。

「ほ、ほんとに……？　お姉ちゃんのこと、助けてくれる……？」

「へへ、任せとけって。男爵に誘拐と来たら、もう話が読めてるしなっ」

「……ちょっとユーリ。あんまり先入観で犯人扱いも、良くないわよ。ちゃんと相手の話も聞きなさいよ」

「そうだぞ。まずは正々堂々、話を聞いて、それから考えれば良いのだ」

そしてどんどん、話がおかしな方向に突っ込んでいく。

これでは、その、まるで。

容疑者の男爵のところに、真っ直ぐに突っ込んでいくように聞こえるのだ……！

「ちょ、ちょっと皆さん!?　じょ、情報収集から始めるんじゃないんですか!?」

受付嬢は焦った。思った以上の考え無し加減に、とても焦った。

前々から思っていたが、この連中。頭を使おう、という頭がない……！

「何言ってるの？　だから、本人に聞くんじゃない」

「そうじゃぞ。周囲の人間に話を聞くのも良いが、まず当人から聞いて見ねば。それにわしの曇りなきまなこは、人の嘘を見破るのじゃ……！」

「アガメムノンよ。貴様この間、ババ抜きで五連敗しておったが」

「お主ら人外だからノーカン……！」

どこまでも行き当たりばったりな連中である。

頭を抱える受付嬢と対照的に、純粋な少女にはとても頼もしく見える。

大人は難しいことばかり言うけれど、こんなに真っ直ぐ話す大人もいるんだ、と。

実際には、真っ直ぐと言うより、最短距離しか見えていないのだが。

「さてと、それじゃ自己紹介といこうか。俺はユーリ、よろしくな、お嬢ちゃん」

「エレミアよ。何を隠そう、死者を統べる女王なの」

「わしはアガメムノンじゃ。竜の中の竜と言えば、わしのことよ」

「余はルキウス、闇に生まれし王者である……！　ときに娘よ、貴様はなんという名前なのだ？」

魔王ルキウス、ちょっと痛いが常識人。

アレゲな名乗りに「冒険者さんって変わってるんだなあ」と驚いていた少女も、おずおずと名前を名乗った。

「え、エリザっ！　わたし、エリザって言います！　お姉ちゃんの名前は、ミランダ！」

「エリザにミランダか。よし、それではミランダを探しに行くぞ！」

貴族地区の外れに立つ、ヨラム男爵の屋敷。

なるほど敷地は広く、誘拐した人を隠すくらいは出来そうだ。

周囲に立つ物々しい衛兵も、そんな雰囲気を助長していた。

ただ、だからと言って。

「あのー、そこの衛兵さん。この屋敷の主人って、女の子誘拐したりしてません？」

こんなバカ正直な質問をするのは、勇者くらいのものである。

「は、はあ!?　何だお前ら、藪から棒に！」

「この子のお姉さんが、攫われたらしいのよ。で、この近くで目撃証言があるのよね。で、どう？　貴方たちは、見てないの？」

「見ているわけが無かろう！」

衛兵は怒るが、まあ、普通はそうである。

いきなり現れた、とても不審な冒険者の一団が、堂々と「お前ら誘拐の片棒担いでない？」と聞いてくる。ものには、言い方というものがあるだろう、という話である。

「ふうむ……どうだアガメムノンよ、嘘を吐いているように見えるか？」

「うーむ、少なくともこの男は、嘘を言ってはおらぬのう。じゃが気になるのは、すんすん、わしの鼻には若い女子の匂いがするぞ。それも、なんだかまるで、地面の下から匂ってくるような……」

そのとき、衛兵を含め全員が、犯罪者を見る目でドラゴンを凝視した。

率直に言って、変態っぽい。

しかし有力な情報なのも確かで、四人は屋敷を見据えると。

「じゃ、確かめてみるか」

「そうじゃの。ということで、ちょっと失礼するぞい」

「家捜しとかワクワクするわね」

堂々と、さも当然のように屋敷に入り込もうとする。

衛兵は止めようとするが、思った以上に力が強く、まるで歯が立たなかった。

「ちょ、ちょっと待てお前ら、勝手に入るな……！」

「まーまーそう言わずに」

「というか、なんて馬鹿力だ……！」

渾身の力を振り絞り、ユーリの腕を掴んで押し止めようする衛兵だが、逆にズルズル引きずられてしまう。

結局、「応援！　応援ー！」と叫んだ衛兵により、屋敷からわらわら兵士がやって来て。

ユーリ達四人と、依頼人の女の子は、地下牢へとぶち込まれた。

§

「むむっ、余の暗黒で生まれた魂が、この場に共鳴しているぞ……！　なんかこう、薄暗くて黴臭くて、格好いいではないか！」

「じゃあここに住んじゃったら？　まったく、なんでバカ正直に牢屋に入ってるのよ」

「んー？　逆に考えてみろよ。向こうがわざわざ、地下牢に案内してくれたんだぜ。手がかり見つけてって、言ってるようなもんじゃん」

「……ユーリが、賢いことを言っておる……！」

牢屋に入ってもこの調子。巻き込まれたエリザは、「冒険者さんって動じないんだ……」とズレた感想を抱いていた。

そんな様子を見ていて、牢番の男がコケそうになる。

「なんか緊張感のない奴らだなあ……言っとくけど、ここに囚人なんてめったに来ないぜ」

「え、そうなの？」

思わずといった感じで、冒険者に話しかける。ユーリは目を丸くした。

屋敷に地下牢があるのだ。もう絶対そういう用途だろ、と思い込んでいたのである。ひどい偏見だった。

「ここは普段、ワインセラーに使ったりするんだよ。ま、ギルドに通報したみたいだし、明日には迎えが来るんじゃないの？」

「えー……絶対当たりだったと思ったのに……悪いことしたなあ」

「オレだって、牢番が仕事じゃないしな。普段は上で門番やってるのに、お前らが来たから牢番さ。ま、気楽でいいけど！」

そう言ってワインのボトルを空ける牢番。何となく、こう、同類っぽさが滲み出る男であった。

「むー、やっぱり人間の女の匂いがするのじゃが……気のせいかのう……」

「うわっ、改めて聞くと、すごい犯罪くさい言い方よね」

「ユーリ……じゃなかった、種馬と一緒にするでないわ！」

「おいアガメムノン、逆だからな。俺はユーリ！　種馬って名前じゃない！」

「あ、間違えた。同じ意味じゃし、つい」

「その喧嘩、買ったあ！」

ドタバタ牢屋の中で取っ組み合いを始める、竜王と勇者。

牢番の男は手を叩いてはやし立て、ルキウスはエリザに話しかけ、「良いか、あんな大人になってはいかんぞ」とか言っている。

エレミアは牢屋の壁に身を預け、暇そうに大あくびをした。

「ふわーあ……そうだヤリチ○、貴方の下半身は反応しないの？　ほら、それ女の子検知して、アンテナみたくピクピク動いたりしないわけ？」

「するわけねーだろ！」

取っ組み合いをしながらユーリが叫ぶ。アガメムノンは、「え、しないの？」と驚いた顔。

子供の教育に、とても悪い面子であった。


「特にすることもないし、トランプしようぜ」

取っ組み合いを終えたユーリの一言である。

さも当然だとばかり、カードを切り始めて、他の三人も輪になって遊ぶ気満々。

流石にエリザも、「そんな場合じゃないのでは？」とユーリの袖をくいくい引く。

すると思いが通じたのか、ユーリはニコッと笑って、こう言った。

「大丈夫、仲間はずれにするわけないだろ？　最初はルールが分からないだろうからさ、俺の後ろで見てなって。ちゃんと教えてやるから！」

そういうことじゃない。

牢番と一緒になって首を振るエリザであった。

「うむ、その『トランプ』というのは、ユーリが持ち込んだものにしては随分面白いのだ。よくルールを覚えるといいぞ」

「ならば、最初は簡単なババ抜きで良いのではないかのう。あれなら、ルール覚えなくて良いし」

「あら、子供には向いてないと思うわ。アガメムノンみたいに、表情に出ちゃうもの」

「ナチュラルにわしを子供扱いしておらぬか、それ」


それから十分後。

「革命ーーーーー！　わははは、お主ら全員貧民落ちじゃー!!」

「ぬがー！　俺の持ち札ぜんぶブタじゃねーか！」

「よ、余の切り札が全て紙屑に……！」

「ラッキー。私は助かったわ。サンキュー、アガメムノン！」

四人が始めたのは大貧民。

盛り上がり出すと、いつまでも続けられてしまう、魔のゲームである。

まだ一戦目なのに、場のテンションはもう最高潮だった。

エリザだって、一緒になって盛り上がっていたかもしれない。

ここが牢屋の中でなければ。

「……な、なあ、嬢ちゃんよ。この人達、大丈夫？」

「……その、いい人達、なんだよ？」

エリザはまだ子供だが、牢屋に入れられて、暇だからと遊び始めるほど図太くはない。牢番だってそう思う。

もしかして、冒険者さんって……と、世の冒険者にとても失礼なことを思い始めたときだった。

革命から勝ち抜けしたアガメムノンが、ぽつりと牢番に尋ねる。

「うーむ……のう牢番さんや、ここ、怪奇現象とか起きてないかの？　こう、夜な夜な悲鳴が聞こえるとか」

「おおっ、よく分かったなあ！　そう、出るんだよ、この牢屋！　夜に、壁の向こうからすすり泣く声が……」

牢番がさも嬉しそうに、怪談話を始める。それを聞いて、冒険者四人組は同時に叫んだ。

「「「「それじゃん！」」」」

「やっぱりここだったんじゃない！　よっし、掘削作業開始よ！　出てきなさい掘削班！　生者への恨みを、その石壁に向かって晴らすがいいわ！」

「シュコー、シュコー！」

いきなりアンデッドが何体も召喚され、牢番の男は椅子から転げ落ち、エリザは目を丸くする。

スコップ片手に召喚されたアンデッドは、何故だろう、「ざけんなテメー！」と叫んでいるように聞こえた。

「むむ、余もワクワクしてきた！」

「俺も俺もー！」

ぐにゃりと鉄格子を折り曲げ、あっさり外に出てくる二人。

牢番はもう、目の前の現実が信じられなくて、え？　あれ？　と首を傾げるだけの生き物になっていた。

「え、もしかして……いつでも外に出れたの？」

「そりゃまあ、こんな弱い鉄格子ではのう……あーあ、こんなに曲げてしまっては、元に戻らぬぞこれ。わし、知ーらない」

「……あれー？」

エリザは腕を組んで、悩んでしまった。牢屋って、そんな簡単に出れるものだっけ？

しかし幼い少女が悩む間も、穴掘りはガンガン進む。なにせブラック女王に支配されたアンデッド、厨二病でも在位の魔王、半年で世界救った勇者の共同作業だ。

地下牢にあっという間にトンネルが作られて、そこにアガメムノンが鼻をクンクン。

「むむっ、だんだん匂いがハッキリしてきたぞ……！　心なしか、お嬢ちゃんに似た匂いのような……」

「よっしゃ掘り進んでるぜ！　ゴーゴー！」

「ククク、流石ロリコン竜王！　今こそ大手柄を上げ、ギルドの連中に、日頃の説教のぶんを、見返してやるのだ……！」

「あれ、ルキウス、貴方意外と気にしてたのねアレ」

「なんだか、うちの大臣の説教に似てて、いたたまれぬのだ……！」

魔王ルキウス。意外とこのメンバーでは、一番真面目かもしれない男。

エレミアは説教など馬耳東風、聞く端から忘れている。

「わし、ロリコンじゃないんだけど……お嬢ちゃん、あいつらの言うことを真に受けてはいかんぞ！　わしは人間のメスに欲情するような、変態ドラゴンではないのじゃ！」

「う、うん……分かったけど、その……わたし、なにがなんだか分かんなくって……」

「お、オレもわけが分からんわ……おたくら、一体何者なわけ？」

エリザと牢番は、今や立場を超え、心を一つにしていた。

なんなの、この人たち、と。

だがそれも、掘り進める壁の向こうから、よりはっきり、確かに、人の声が聞こえてくるまでのこと。

『!?　誰か、誰かそこにいるのっ？』

あまりにも、なじみ深い声。それにエリザの全身が、ビクリと震える。

「お、お姉ちゃんっ!?」

『エリザ!?　エリザなのっ!?　どうして、こんなところに！』

「助けに来たんだよ、お姉ちゃん！　冒険者さんたちが、来てくれたのっ！」

感極まったエリザが、泣きながら声を振り絞り、姉に向かって助けに来たよと叫んだ。

穴掘りに勤しむ四人は、こっそり『これでいろんな不始末は全てなかったことに……！』と大喜び。

メチャクチャ失礼な聞き込みとか、鉄格子壊しちゃったこととか、相手が悪党なら問題ないよね？　という根性である。

「ふははは、我らトラブルメーカーズが来たからには、もう助かったも同然！　ちゃんと壁から離れて、のんびり待っておるがよい！」

「そうそう！　俺たちトラブルメーカーズの手にかかれば、こんな事件は即解決！　終わったら宣伝よろしくー！」

なんだか不思議なパーティー名を連呼する連中が、穴掘り……というよりは破壊音を響かせつつ、どんどん本丸へ近付いていく。

そんなやり取りを見守りながら、牢番の男はブルブル震えていた。

「ま、マジかよ！　あのクソ上司ども、ホントに悪事に手を染めてたってのか!?」

「おや、牢番殿は、そんな話を聞いておったのかの？」

「あ、ああ……う、噂だぜ、噂。最近、男爵の羽振りがいいのは、裏の世界と連んで後ろ暗いことをしてるからだ、って。で、でも、こりゃあ……」

流石に地下牢から掘り進んだところに、誘拐された女が捕まっていたら、言い訳は利かないだろう。

呆然と牢番がトンネルを見つめている中、反対側ではガチャガチャと緊迫した音が響き始めていた。

『!? も、もう来てしまったの……!? 駄目、やっぱり来ちゃ駄目! お願いエリザ、逃げ……』

「おっと」

なんかシリアスっぽい台詞が流れてくるが、残念ながら一秒ほど遅かった。

ドカン! と最後の壁を蹴り飛ばし、ポーズを取って高笑いする魔王が、誘拐現場に爆誕する。


「ぐわっ!」

「フハハハ! ギルドのポイント稼ぎのため、このルキウス、今見参! さあ捕らわれた者達よ、余の活躍をきっちりギルドに伝えるのだ……!」


「おーいルキウス。お前、今誰かぶっ飛ばしたぞ」

「なぬっ!?」

見れば二メートル以上ありそうな大男が、魔王爆誕の衝撃で大きく吹っ飛ばされており、どう見ても意識は無さそう。

魔王は焦る。

「ぬぬっ、い、今のは事故! 事故なのだ! ノーカンよろしく……!」

「や、お前の前方不注意だろー……おーい、そこのあなた、生きてますかー？」

大男に近寄るユーリ。

そこでおかしいと気付く。なんだか鎧兜付けてるし、でかいソード持ってるし、捕らわれてる感じがしない。

改めて周囲を見渡すと……。

トンネルの向こう側は、広々した空間だった。粗末な牢屋がいくつも並び、鎖に繋がれた女性たちが、一人ずつ入れられている。

そして牢屋を見張るように立っている、武装した男たち。皆、おしなべて人相が悪い。これは、つまり。

「わははははっ！　なんだ、こいつ誘拐犯の一味ではないか！　見たか貴様ら、今回の一番手柄は余のものだぞっ！」

ルキウス大勝利の瞬間だった。

さっきのノーカン宣言など無かったように、大袈裟に拳を突き上げ『余が一番』アピールをする。

ユーリ達は地団駄を踏んで悔しがった。

「くっそー、取られたー！」

「ちょっと、私のアンデッドが穴掘りしたのはスルーなわけ？」

「今回のＭＶＰ、わしの鼻じゃないかのう」

一方、武装した男たちは、凍り付いて動けない。

閉じ込められていた女性達もだった。

なにせ、今冗談みたいに吹っ飛ばされたのは、男たちの中でも随一の猛者。熊も素手で倒すという、元A級冒険者なのだ。

最大戦力を初っ端から、というより始まる前から失って、見張りの男たちは戦意を喪失しそうになる。

しかも、現れた四人組の後ろからガシャガシャと現れたのは……。

「シュー、シュー！」

「き、気を付けろ、アンデッドだっ！」

何故かスコップを持ったアンデッドの集団である。

彼らは生者への恨みっぽいものに目を輝かせ、何だか八つ当たり染みた動きで、男たちへと襲いかかった。

スコップだって振り回されたら、痛いし戦闘不能にもなる。

「ははは、これで私が二番手柄ねっ！」

「なぬっ！　エレミア、ずっこい！」

一応、見張りの男たちは冒険者一行より数が多いのだが。

もうそんなの、全く意味をなしていなかった。

「お姉ちゃん……！」

「エリザ、エリザっ……！」

そんな中で、エリザとミランダは感動の再会である。

牢屋はアガメムノンが簡単に壊していた。ここは解放係になって、後で口添えしてもらおうという、竜王の叡智である。

捕らえられていた女性達は、次から次へと解放され、バッサバッサ地下を舞うドラゴンの側に集まっていく。

「わっはっは、捕まっていた人たちは全員救出したぞい。わし、大手柄」

「あ、しまったー！」

「抜け目ないわね、アガメムノン……！」

ちょうど見張りを全員しばき倒した三人が、美味しいところを取って行かれた！　と驚愕する。

が、すぐに状況は変化した。ガシャガシャ鎧の音を響かせて、完全武装の騎士達が現れたのだ。

「貴様ら、生きて帰れると思うなよっ！」

剣を抜き、盾を構え、冒険者相手に殺気を振りまく騎士達。

数十人はいるだろうか、それを前にして、ユーリは大興奮である。

「すっげー！　ＦＰＳのお約束、ウェーブ二だっ！　おーい皆、よく聞けよ！　援軍が来るまで、第二波を凌ぐのがミッションだぞっ！」

「……いや、凌ぐ必要なかろう？　余はポイント稼ぎのため、さっさと倒してしまうぞ」

「私もギルド長をぎゃふんと言わせたいし」

「……確かに……！」

飛んで火に入る夏の虫。

襲いかかるはずの兵士達は、逆に襲いかかられて大混乱に陥った。

§

ユーリ達が地下牢でトランプを切っていた頃のことである。

ヨラム男爵家の使いから、「おたくの冒険者達が、いきなり家捜しをするので捕まえた。引き取って欲しい」と伝えられ、受付嬢はテーブルに突っ伏していた。

「ギルド長、どーしましょー……あの人達、特大のポカやらかしてますぅ……」

「あーあ、悪い方の目が出たな。ったく仕方ねえ、さっさと引き取りに行くか。今回は大目玉だぞ」

さてどんな説教なら効果があるのか、この際一度Fランクに落とすか、などと考えつつ、居たたまれない気持ちで男爵の屋敷にやって来た二人。

しかし、どういうことか。衛兵は出払っているし、まるで人気が無かった。

「あれ？　おかしいですね。門番も、見張りもいないみたいです」

「なんかイヤな予感がするぞ、おい」

百戦錬磨のギルド長は、自分の勘を信じ、勝手に敷地に入り込んだ。

受付嬢も慌てて後を追う。

すると奥から、何だか、ドカンドカンと、派手な音が響いているのが聞こえてくる。

「やべっ、戦闘音だ！」

「えぇーっ!?」

大慌てでギルド長が走り、その後ろを追いかける受付嬢。

屋敷に入り込み、音がする方に駆けていき、地下への階段を駆け下りて。

地下牢の、まるで今さっき掘られたようなトンネルをくぐり抜け、遂に現場に辿り着いた。

「冒険者ギルドですっ！　トラブルメーカーズの皆さん、一体何をしちゃってるんですか
……って、ひゃあっ！」

「交戦中でーす！」

駆けつけた先は、鉄火場である。

受付嬢とギルド長は、目の前の光景に、完全にフリーズしてしまった。

捕まっていたであろう女性達。それを守っている小型のドラゴン。

ヨラム男爵は、本当に誘拐事件の犯人だったのだ。それだけでも、驚くべきことなのに。

それすら吹き飛ばしてしまうのは……。

「ふはははは、受付嬢殿にギルド長か、見よ余の大活躍！」

「よしっ、ここは沢山倒した奴が一番ってことね！　よーく見てなさいよ！　ネクロマンサーは、乱戦に有利！」

「あ、ラッキー。ギルド長、彼女たちを見ててくれるかの？　わしもポイント稼ぎしてくる！」

後から後から、どんどん雪崩れ込む騎士達を、ちぎっては投げ、ちぎっては投げ、笑いながら吹っ飛ばしていく四人。

甲冑に身を固めた騎士達が、ぽんぽん宙を舞っては地面に叩き付けられる。もう戦闘と言うより、蹂躙に近い戦いだ。

「こ、これは……幾ら何でも……！」

「おいおいあいつら、どうなってんだよ……もう笑うしかねーなコレ……」

ランクがどうとか、そういう問題ではない。

力の差が、開きすぎている。

「貴様らあ、このヨラム男爵の家中と知っての狼藉かあ！」

そこへとうとう、男爵本人がやって来た。なにせ、送り込む兵士が、誰一人帰ってこないのだ。

そこで精鋭を率いて、ノコノコやって来たのが、運の尽き。

「あ、なんか逆ギレしておる。悪事がバレて逆ギレとか、実にウケるわ！　やーいやーい、悪事がバレて悔しいか！」

「やった！　これで自白したようなもんだし、さっさとふん縛っちゃいましょうよ」

「んー、苦労がなくていいなー。オッサン、ちゃんと罪を償うんだぞー」

「んなっ！　何をする、やめろー！」

「え、ちょっと、相手は貴族……！」

受付嬢が止める暇もなく、ヨラム男爵はボコボコにされ簀巻きになった。

連れてきた精鋭も、余波でなぎ倒されて地面に転がっている。

「っしゃあ！　ミッション・コンプリートぉっ！」

「フハハハ、余の大勝利！」

「楽な仕事だったわね！」

「誘拐された人たちも、全員無事じゃぞ！」

男爵を足蹴にして、『大手柄』アピールをする四人組。チラチラ視線を向けられて、受付嬢とギルド長は、苦笑いするしかなかった。

捕まっていた女性達は、それはもう大歓声である。きゃーきゃー黄色い声を浴びせられ、ユーリなんかは分かりやすく鼻の下を伸ばしていた。

姉と再会できたエリザも、牢屋での「この人達ってもしかして……？」という疑問は消し飛んでしまい、キラキラした瞳で四人を見ている。

「すごい！　ありがとう、冒険者さんっ！　やっぱり冒険者って、凄いんだ……！」

「アレを基準にしないでくださいっ！」

受付嬢の限界に近い悲鳴。『オレ、これの後始末すんの……？』というギルド長の煤けた呻き。

そんなこんなで、王都の誘拐事件は、無事解決を見たのであった。

余談であるが。

現行犯で捕まったヨラム男爵は、手続き通りに裁判にかけられ、監獄送りになる。

そしてギルド長は、王宮からお褒めの手紙をもらい、狐につままれたような気分だった。

「おかしいな。貴族が相手だったんだし、もうちょっとこう、揉める筈なんだが」

「やっぱり、今の王様は立派な方なんですよ」

「オレもお務め御免にしてくれたしなっ！　いやー、助かったぜ」

牢番の男は、不思議な力で減刑になり、今は街で衛兵の仕事に就いている。時々ギルドに立ち寄っては、酒を片手に管を巻くあたり、勤務態度はあまり変わっていない。

そして、全てを丸く収めるため奔走した、一人の男。

宰相ダニエルは、王女とレザに泣きついていた。

「ど、どうか勇者様に、それとなく！　それとなく、お仕事とかしなくていいんじゃないかと、誘導してくださいませぬか……！」

冒険者ギルドから、変な名前のパーティーが悪徳貴族をぶっ飛ばしたと聞いて。

ちょっと調べてみれば、とっても聞き覚えのある名前が並んでおり、宰相は危うく心臓が止

まるところだったのだ。

「ユーリ様って、本当、何というか……ユーリ様よね」

「……坊やのそういうところ、嫌いじゃないわよ、うん。他のお三方も、その……」

王女とレザは、救世の英雄一行の面子を思い浮かべた。不死女王エレミア、魔王ルキウス、竜王アガメムノン。一番接点があるのは、エレミアだ。

そう、彼女は救世の英雄に相応しく……。

『人が昼寝してるときに、こんなテキトーな召喚かますのは……あのヤリチ○ね！　ぶっ飛ばしてやる！』

『マジゴメン！　なんかチンピラぶっ飛ばしたんだけど、後始末の仕方が分かんなくって。簀巻きにして川に流せばいいかしら？』

……とても、ユーリに似たところがある。

本人が聞いたら絶対コケそうな感想だが、王女とレザは確信していた。アレは同類だ、と。

四人の仲の良さを考えると、あまり考えたくないが、魔王と竜王も似たもの同士なのだろう。

「宰相。この話を知っているのは、私たちとお父様の他に、誰が？」

「箝口令を敷いております。冒険者ギルドも、あの四方が何者かは、気付いておらぬでしょう」

「流石だわ……はぁ、仕方ないわね。このまま情報は伏せておきなさい。出来れば、このまま露見しないのが最高ね」

「私も王女殿下に賛成よ。というか、こんなのバレたら……」

救世の英雄一行、Eランク冒険者。

いろいろと目も当てられなかった。

「ねえ、うちの王国ね？　勇者様への恩賞が不足じゃないかって、いつも突き上げられてるのよ？　どうしたらいいと思う、レザさん？」

「レザ嬢、何か良いお考えがあれば、この宰相にもご助言を……！」

「……あのね、お二人とも。私、平民なの。それも元娼婦の。あんまり、その、大事で頼らないでくれるかしら……？」

勇者付き相談役。

実はけっこう、王国最後の砦だったりする役職である。

§

「こんにちは、勇者様っ！」

「あ、レジーナ。今日もお疲れ様ー」

「ふふっ、勇者様にお会いできて、とっても嬉しいです」

離宮には、多くの商人が出入りしている。

基本は男子禁制なので、もちろん女性が中心になるのだが、中でも頻繁に訪れるのがレジーナだった。

衣服を扱う商人として、離宮に住む女性達の注文に応えたり、派手派手な貴族服を嫌う勇者のために、シンプルな服をオーダーメイドしたり。

借金も無くなって、身軽になった商会はフル回転であった。

「そ、そっかあ……俺も、レジーナと会えて、嬉しいよ」

「勇者様……」

商家の子女として、清楚に育てられたレジーナだが、勇者のお手付きになってからは、もう恋する乙女である。

うるうる瞳を潤ませ、手を組んで見つめられては、ユーリも甘酸っぱい気分で笑うしかない。

リア充気分が味わえて、大満足だ。

普段から毎日、複数の女の子とコトに及んでいるのだから、立派なリア充の筈なのだが……なんだか、「お情けくださいっ♪」「おほっ」という流れが多くて、ちょっと違うのだ。

パコパコは充実してるので、パコ充とでも言おうか。こんなんだからヤリチ○呼ばわりされるのである。

だが今日のユーリはひと味違う。

真のリア充への階段を上るべく、大いなる一歩を踏み出そうとしていたのだ。

「ね、ねえレジーナ。実は一つ、お願いがあるんだけど……」

「はい、何でしょう？　勇者様のお願いとあれば、私、どんなことでもやりますっ！　任せてくださいっ」

「じゃ、じゃあ……！」

ユーリは緊張に胸を高鳴らせて、顔を赤く染めながら『お願い』を口にした。

「今日、俺とデートしてくれないかな……！」

レジーナは虚を突かれたように、ぽかんと口を開けていた。

だってもう肉体関係を結んでるし、割と対外的にも、勇者の愛人と思われている。どうして、そんなに緊張しているんだろう？

「もちろんです、勇者様っ」

でも嬉しいことは嬉しいので、拳を握り、全力でＯＫした。ユーリは全身を脱力させ、情けなく息を吐いて、一言。

「良かったあ……すげー緊張した……」

実は人生初デートなのである。とても、すごく、メチャクチャに今更だが。

無事に誘ってＯＫもらえて、全身がへなへな崩れそうなくらいに安心したユーリであった。


——さて、こんなことになった理由は、数日前に遡る。


「え、デート、ですか？」

「ええ、そうよ。お姉さんね、離宮に篭もりっぱなしなのも、良くないと思うの。誰か誘って、遊びに行ったらどうかしら」

「じゃあ、レザさんと……！」

「ふふっ、ありがと。でもね、あの娼館が潰れてから、そんなに時間が経ってないのよ？　私と坊やが歩いてたら、騒ぎになっちゃうわ。それはまた、落ち着いてからね」

「うー……分かりました」

相談役のレザは、勇者にデートを勧めていた。

勇者と愉快な仲間達が冒険者なんてやってるのは、そもそも、離宮に篭もりっぱなしの反動ではないかと睨んだのだ。

劇薬かもしれないが、むしろ外に出した方がいいかも、という考えである。

（はぁ……王女様も宰相様も、無茶ぶりするんだから）

とはいえ、一人で外に出すのは、危なっかしくて仕方ない。

誰か付き添い役を選ぶ必要があり、そこでデートという形に落とし込んだのだが。

（……なんだか、すっごくそわそわしてるわね）

デート、という単語を聞いてから、勇者の態度は実に不審であった。

「で、でも、俺エスコートとかしたことないし……レザさんなら、リードしてくれるかなって思ったんだけどなあ……」

ちらちらちらっ。

諦め悪く視線を送る勇者である。エレミアなら『キモい』と切り捨てそうな仕草だが、レザもこう見えて恋する女。

そんな姿も可愛く見えて、少しときめいてしまうのだが、決めるべき所はしっかり決める。

「だーめ。でも、最初はしっかりした子がいいかもね。ええと……」

そこでレザは考え込んでしまった。

まず王女殿下は、悪いけど却下。地位が高すぎる。

同様に貴族のご令嬢方もダメだろう。クレアはこれ以上ないくらいしっかりしているが、王宮に入りっ放しで、外に出ることが殆ど無かったと聞く。

離宮のメイドたちは……ノリが軽すぎるし、ストッパーは期待できない。

聖女様は下手をすると、勇者以上の世間知らず。

そこで選ばれたのが……。

「レジーナさんとか、どうかしら。あの子、坊やのこと、憎からず思ってるんでしょう？　目が恋する乙女ですもの」

「そ、そうですかね？　えへへ、だと嬉しいなあ」

それはまあ、メチャクチャにして！　とお願いして、抱かれちゃうくらいには憎からず思っている。

§

こうして二人は、王都でデートすることになったのだった。

離宮を訪れるレジーナは、それはもう入念に服装を選んでくる。

やっぱり恋する乙女。気になる男性には、最高の自分を見てもらいたい。

それに毎度、胸元や腰に視線を送ってくる勇者が、部屋に誘って来るかもしれない。（割とよくある）

今日の彼女は、丁寧な刺繍の入ったクラシカルなブラウスに、ハイウェストスカート。童貞を殺す王道コーデである。

すらりとしたスレンダーな体型だが、胸はDカップと結構ある。そんな彼女の魅力を引き出す服装で、ユーリは鼻の下を伸ばしていた。

「その服、可愛いなあ。凄いよく似合ってる！」

「ふふっ、ありがとうございます。勇者様も、素敵ですよ」

「そ、そっかなー」

こうして二人は、王都にデートに出ようとしたが。

「……あの、勇者様？　その金貨袋は……」

「あ、軍資金がいると思って！」

「その、普通のお店では、金貨は使えないので……うちの商会で、両替しますね」

「何かごめんなさいっ……！」

出だしから割と、前途多難である。

　王都の小洒落た喫茶店。デートの定番と言うことで立ち寄った二人だが、目の前に出されたジュースを前に硬直していた。

　やたらとサイズの大きいグラスが一つ、ドデンと置かれ、ストローが二つ刺さっている。

「ささ、どうぞごゆっくりー♪」

　いい仕事をしたぜ！　という表情のウェイトレスが、爽やかに去って行った。

　二人は顔を真っ赤にしながら、おずおずストローを取り、ちゅーちゅージュースを吸い始める。

「あ、あはは……」

「おおう……」

　やることとやってるのに、とても初々しいカップルだった。

「あ、あの、勇者様っ」

「ちょ、ちょっとレジーナ、その呼び方は……！」

「す、すみません、では、ええと……ユーリ様」

「いや、呼び捨てでいいよ、別に」

「そ、それはダメですっ」

　呼び方一つ決めるのに、大わらわ。

　その様子を遠目に見て、爽やかだったウェイトレスも「ちっ」と舌打ちしてしまうくらいには、リア充っぽかった。

「ヒューヒュー、お二人ともお熱いですねえ」

「か、からかうなよ……って、おい！　おまえは……！」

「どうしましたか、勇者……ではなくユーリ様」

「なんでここにいんの……」

隣のテーブルでケーキを大量注文し、もっしゃもっしゃ食べていたのは。

ミュトラス女神の神殿で出会った、女神官である。

「いやあ、ユーリ様が聖女様を連れて行っちゃったじゃないですか。私たち、もう心配で心配で、ご飯も喉を通らない生活でして」

「へー」

「お腹が空いたのでケーキを食べに来ました！」

「マリー・アントワネット！」

テーブルに突っ伏すユーリ。レジーナは、また癖の強い人が出てきたなあ、と苦笑い。

「しかしユーリ様も隅に置けませんね。聖女様というものがありながら、そんな可憐な女性とデートなんて……！」

「わ、私なんか、そんな……ユーリ様には、勿体ないんです……」

「いえいえ、何を仰いますか！　貴方は魅力的な女性です！　今ならミュトラス神殿に来て頂けると、どれくらい魅力的か、私が手取り足取り……！」

「人の彼女を魔窟に連れ込むな！」

そんなやり取りがあった後、先に席を立ったのは女神官で。

去り際にチラリと、互いを意識させるようなことを言っていく。

「しかしユーリ様、ナチュラルに彼女呼びですかー」

「ぬぐっ!?」

「それではお二人とも、楽しい一日を♪」

ひらひら手を振って去って行く女神官。

ユーリは椅子にもたれかかって脱力し、レジーナは両手で頬を押さえて何やら呟く。

「彼女……彼女……私が、ユーリ様の、彼女……」

二人が再起動して店を出るのに、三〇分ほど時間が必要だった。

§

「ゆ、ユーリ様っ」

「ん？　どうかした？」

「て、手を繋いでも、いいですかっ」

店を出てすぐ、意を決したようなレジーナに切り出されて。

ユーリは見るもだらしない笑顔になった。

「も、もちろんっ」

二人で手を繋いで歩く。それも恋人繋ぎ。

世界の全てが輝いて見えるかのようだった。これが、リア充。人生勝ち組の見る景色……！

そんなハイテンション状態で、繁華街に出る。二人で露店を冷やかしたり、掘り出し物の道具がないか探したり。

その間、ずっと手を繋ぎっぱなしであるので、

「おい兄ちゃん、彼女に何か買ってやれよ！」

「おお、可愛らしい彼女さんだねぇ。こんなアクセサリーはどうだい？」

なんて冷やかしも飛んでくるし、その度にユーリがその気になって買おうとするので、レジーナは止めるのに苦労した。

「もう、ユーリ様ったら……お店の人の言うままに買っていたら、キリがないですよ？」

「ご、ごめんごめん……なんか嬉しくって、つい」

勇者様は乗せられやすい性格みたいだし、私がしっかりしないと！

レジーナは初デートにして、早くもそんな決意を固めていた。

「あ、ねえねえ、これなんか似合うんじゃない？」

「ゆ、ユーリ様……」

固めていたところで、懲りずにユーリがアクセサリーを持ってくる。

それはエメラルドのような宝石が嵌まった、綺麗なネックレスだった。

細かな細工のチェーンを見れば、丁寧な作りなのが分かる。

「た、確かにこれは、いいものですが……」

「じゃ、買っちゃおう！」

即断即決。

レジーナが何か言う前に、さっとお金を出してしまい、ネックレスを買うと。

震える手で、それを彼女の首にかけてみる。

「おおー、やっぱり。すごい似合うよ」

「〜〜っ！　あ、ありがとう、ございますっ」

顔を真っ赤にして俯くレジーナ。

ユーリはレザからのアドバイス、『デートの途中で必ずプレゼントをすること』を達成して一安心である。もしダメだったら、ルナリア王女御用達の宝石店（超高い）に行く予定だったのだ。色んな意味で危なかった。

一方、プレゼントをされたレジーナは、もう頭が沸騰しそうで、正気ではいられない。

だから、日が落ち始めた帰り道で。連れ込み宿が立ち並ぶ、ちょっといかがわしい一角を通るとき、つい口走ってしまったのだ。

「あの……ちょっと、休んでいきませんか……？」

リア充カップル、最後の聖杯。『ちょっと休んでいかない？』発動である。

完全に不意を突かれたユーリは、しばらく硬直。

レジーナもまた、ユーリの袖を引っ張ったまま、顔を真っ赤にして動かない。

「あう……う、うん。そうしよっか」

ようやくそれだけ返して、二人がやっと動き出すと。

道行く人々の何割かが、チッと舌打ちをして去って行った。

黙りこくったまま、二人で連れ込み宿のドアをくぐり、部屋に入る。

有り体にいれば、ヤリ部屋である。簡素なベッドに、身を清めるための風呂場が付いているだけの、殺風景な場所だ。

「ふぅ、あむっ、はぅっ」

「ちゅ、むちゅっ……」

だが二人は、そんな部屋のことなどお構いなし。お互い、相手のことしか見えておらず、入るなり抱き合ってキスをする。

もうすっかり燃え上がって、初っ端から激しく求め合う。恥じらいをかなぐり捨てて、舌を出してはキスを求めるレジーナ。その細い腰を抱き寄せて、時々お尻を撫でつつキスに応えるユーリ。

ちゅぱ、ちゅぱっと、絡み合う舌の音が、殺風景な部屋に響く。

ようやく唇を離してみれば、お互い息も荒く、頬も上気しきっていて。

「あのっ、服、脱ぎます……」

「う、うんっ」

我慢しきれないと、自分からブラウスのボタンを外し、脱衣を始めるレジーナ。ユーリもポンポン服を脱ぎ捨て、その後の準備をする。

裸になったレジーナが、丁寧に服を畳んで床に置くのが、とても色っぽかった。

最後に、とても大切そうに、ネックレスをブラウスの上にそっと置くのを見届けて。

「よいしょっと」

「きゃっ……♡」

ユーリは彼女のスレンダーな肢体を持ち上げ、お姫様抱っこでベッドに運ぶ。

レジーナの瞳は、ハートマークが浮かんでそうなくらいに蕩けていた。

ベッドの上に横たえられて、男の目に裸体をさらし、花が綻ぶような笑みを浮かべる。

「大好きですよ、勇者様。私、勇者様のこと……心から、お慕いしてます。彼女じゃなくても、愛人でも、妾でも、どんな形でもいいんです。ただ、貴方の傍にいさせてくれたら、それで……」

「れ、レジーナっ！」

「ああんっ！」

いじらしいことを言う、最高に可愛い彼女にのし掛かり、猛りきったペニスをずぶりと挿入。

抑えが利かなくなったユーリは、そのままパコパコ腰を動かし、ベッドをギシギシ軋ませて、うわごとみたいに繰り返す。

「好き、好きだよレジーナ！　俺も好きだから、彼女、彼女になって！」

「は、はいっ！　なりますっ、ユーリ様の彼女になりますっ！　あん、ふわぁっ！」

凄いシチュエーションの告白だった。

下半身はヌチョヌチョ繋がり合った状態で、互いの性器を擦り合わせながら、喘ぐように愛を囁く。

だが、ユーリもレジーナも、頭が茹だってしまって、正気ではない。

荒い吐息で互いの名前を呼び合っては、腰をくねらせまぐわって、気持ちのいい行為に夢中になる。

「好き、好き好き、大好きですっ……♡　ちゅ、ちゅっ」

「はむ、むちゅっ、ふぅうっ……」

トロトロに顔を蕩かして、自分から舌を出してキスをせがみ、上の口も下の口もくっついて、男の身体に絡み付くレジーナ。

清楚なお嬢様が見せるベッドの痴態に、ユーリは大興奮して腰を振る。それはもう目いっぱい、覆い被さり密着したまま、パンパン音が鳴るほど激しくピストン。体力任せの種付けプレスだ。

「レジーナ、レジーナぁっ……あうっ」

「ユーリ様……あっ、熱いの出てますっ♡」

甘々デートの後の、蕩ける挿入。ユーリはもう、漏らすように中出ししてしまった。出来たて彼女に熱々ザーメンを注ぎながら、腰砕けになりそうな気持ちよさを味わう。

「ふー、はぁっ、最高っ……！」

恋人プレイを満喫し、ユーリは大満足だった。

「わ、私ったら、なんてふしだらなことを……！」

行為が終わって熱も引くと、レジーナは顔を覆って身悶えした。

ユーリはそんな彼女を横目に、可愛いなあとニヤニヤしている。

「すっごい可愛かったけどなあ、乱れるレジーナ。好き好きって、キスしてきて……えへへ」

思い出すだに、笑いが止まらない。元の世界だったら、絶対写真を撮っていたと確信できる。

「ゆ、ユーリ様って、意地悪です……」

そんなことを言いながら、男の胸板に顔を埋めて頬ずりをする、愛人力の高いレジーナである。温かくて気持ちのいい身体を抱き寄せて、ユーリはとてもご満悦だ。

「レジーナって、本当にスタイルがいいよね」

「あ、んっ！　もう、まだ敏感なんです……あんっ」

Dカップはある、綺麗な形のおっぱいを手に収め、もみもみと触っては、乳首をツンツン。スタイルのいい肢体を腕に抱き、うっとりするような曲線美を手でなぞっては、次の行為の準備にかかる。

レジーナも健康な若い女性だ。恋する男に全身をあちこちまさぐられ、胸をドキドキさせていた。

「んっ」

「はむっ、ちゅぅっ……ちゅっ」

気持ちのいい後戯に、啄むようなキス。

ベッドの中でイチャイチャすると、レジーナの心に大胆な気持ちが広がっていく。

「あ、あの、ユーリ様。私、今日は帰りたくありません……」

「よし分かった。泊まっていこう！」

「きゃっ！　もう、また……♡」

ユーリは我慢できず、がばっと彼女を押し倒し、二回戦を開始した。

夜はまだまだ長く、朝までは遠い。二人は熱い時間を、それはもうしっぽりと楽しむのだった。

§

夜も更けたが、部屋の明かりが消えることはない。

魔石を使ったライトは、ちょうど間接照明くらいの明るさで。

殺風景なヤリ部屋を、いかがわしくて淫らな空間に変えてしまう。

正に、男女がセックスするためだけの空間。

その雰囲気に、二人は見事に当てられていた。

「んっ、あんっ……」

「おほっ」

四回ほど交わった後、お風呂場で洗いっこ。

互いのからだを洗い、狭い浴槽で肌を触れ合わせれば、どうなるかなど目に見えていて。

湯舟の中での挿入と、五回目の膣内射精に至るまで、大して時間はかからない。洗ってるんだか汚してるんだか、よく分からない入浴である。

「さっぱりしましたね」

「ふぅ……気持ち良かった」

いろいろスッキリして風呂を出ると、タオルで互いの肌を拭き合って、ベッドに戻る。そこでレジーナが、「あっ」と思い出したように声を上げた。

「ユーリ様の服を、畳んでいませんでした」

「そ、それは俺がやるって」

「いいえ、どうぞお休みになっていてください。皺が出来ると、いけませんから」

嬉しそうに微笑むレジーナに、ユーリは何も言えず、ベッドの上にお留守番。

薄暗い部屋に、彼女にした美少女の、透き通るような裸体が浮かび上がる。

（……すごい綺麗だよなあ）

モデルみたいな体型だ。すらりとしたボディラインだが、女性らしい柔らかさもあって、バランスがとてもいい。ファッション誌のモデルをやっていそうなタイプ。

仄かな明かりの中、金色の髪がきらきらと輝いて、幻想的な美しさ。

それが裸のまま、ぺたんと床にしゃがんで、自分の服を畳んでくれるのだから、不思議な気分になる。

「今日は凄い楽しかったよ。デートしてくれてありがとう！」

「～～っ!? ゆ、ユーリ様……私も、楽しかったです。プレゼントまでして貰って……ありがとう、ございました」

そう言って振り返った彼女は——白く艶めかしい裸体に、宝石のついたネックレスだけを身に付けていて。

「こうしていると、まるでユーリ様のものになったみたいで……興奮、しちゃいます」

「お、俺もっ」

ひどく「女」を感じさせる笑みを浮かべ、レジーナがベッドの上に戻ってくる。ユーリが被っていたシーツをどかしてみれば、その股ぐらには、未だエネルギーに満ち満ちたモノがそそり立っていて。

まるでそうあるのが当然、というくらい自然に、男の腰に跨がった彼女が。股を開き、女性器をくぱぁと開いて、亀頭の上に腰を下ろしていく。

ずぷずぷ。

男と女が繋がり合う瞬間が、ゆっくり、見せつけるように演じられて。

重力に導かれるまま、女の細い腰が落ちてゆき、陰茎が根元まで深々と埋め込まれた。

「はぁっ……ふぅっ、奥まで入りました……はしたない女でごめんなさい、ユーリ様。でも私、どうしても、こうしたくて……ユーリ様に、気持ち良くなって欲しくて、仕方ないんです」

そう甘く囁いて、ペンダントを揺らしながらの、いじらしい腰遣い。

この綺麗な女の子を、全部自分のものにしようと、ユーリは両手を伸ばして胸を揉む。彼女の腰遣いを邪魔しない程度に、自分からも腰を突き上げ、溶け合うような一体感に包み込まれる。

「あん、あんっ、ユーリ様ぁっ……♡」

「綺麗だよ、レジーナ……！」

静まりかえった真夜中の街、その片隅で、寝床を軋ませ女が喘ぐ。

床冷えとは無縁な部屋で、熱くなった互いの性器を擦り合い、気持ち良くなるための共同作業。

さんざ睦み合い、イチャイチャしてから、ぴゅっぴゅっと生中出し。熱い子種が爆ぜるのを直に感じて、レジーナは体温が上がるのを感じた。

風呂上がりの裸体に汗を浮かせ、下半身は繋がり合ったまま、男の胸に飛び込んで頬をすりすり。

恥じらいも慎みも、どこかに飛んで行ってしまい、恋に浮かれて繋がり合う。

結局二人は、朝チュンもスルーしてまぐわい続け、たっぷり延長料を払うことになった。

「あうっ、宿の人が凄い目で見てました……恥ずかしいです……」

「お、俺が全部悪いし！　レジーナ全然悪くないし、むしろ最高だったよ！」

たっぷり延滞料を取られ、連れ込み宿を出た二人。

店員に珍獣を見るような目で見られ、流石に顔が真っ赤である。

とは言え、店員には店員の言い分がある。

夕暮れ時から次の日の朝まで、ほぼぶっ通しでギシギシアンアン。

夜が更けても、コケコッコーが鳴り響いても、少しの小休止を挟んでは、宿の床を軋ませまくる。終いには、ベッドの強度が心配になったほどである。

勇者は体力が無尽蔵だからいいが、レジーナは普通の女の子。徹夜セクロスで疲れないわけがない。

§

宿を出る頃には、脚はガクガク震えていたし、お股からは溢れるほど注がれた精液が垂れそうで、歩くのも大変だ。

結局勇者は、便利魔法の転移を使って離宮に戻り、自室のふかふかベッドにレジーナを寝かしつけ、事なきを得た。

事なきを得たと思って、寝室に入ると、とてもご機嫌斜めな王女様に、若干お怒り気味のお姉さんが待っていた。

「ふふっ、お早うユーリ様。デート、とっっっっても楽しかったみたいね？　朝帰りっていうより、もう昼前よ？」

「ねえ坊や。まさかだけど、この時間までずーっと励んでたわけじゃないわよね？　女の子の体力も、ちょっとは考えないとダメよ？」

「大変申し訳ありませんでした……」

ユーリは速やかに土下座した。夕方から朝まで、ぶっ続けて盛っていたケダモノは、この自分。初デートでこの所業かと、今更になって頭を抱え出す。

「……はぁ。もう、そんな素直に謝られちゃ、お姉さん、悪役じゃないの。いいわ、次からは気を付けてね？　この際はっきり言っておくけど、坊やってすごい絶倫なんだから。女の子が一人で受け入れるには、ちょっと無理があると思うの」

「き、気を付けますっ！」

叱られた生徒みたいな反応をする勇者。

そこでレザが目配せをすると、はーあ、とルナリアがため息を吐いた。

「もう、ずるいなあ。わたしだって女の子なんだから、ヤキモチ、焼いちゃうことだってあるんだよ？」

「き、気を付けるよ……ていうか、ルナリアも、ヤキモチ焼くんだ」

「むー。お姫様は、嫉妬なんかしないって思ってた？」

「いつも飄々としてるからさ。クレアをけしかけたり、ヴェラをけしかけたりしてたし」

「それとコレとは、話が違うんだけどなあ」

「むむぅ、ではお姫様には、今度城下町の評判スイーツを献上致しますゆえ、何卒お許しをば……」

「うむ、苦しゅうないぞ、許す」

寸劇じみたやり取りの後、どちらともなく、ぷっと吹き出して笑い出す。

何だかんだ、互いに気の置けない相手なのだ。

ルナリアにとって、ユーリは数少ない、身分の釣り合いを考えなくて済む相手。打算含みの関係だが、それは相手を嫌いという意味では、全然無いのだ。

「ふふっ。わたしね、ユーリ様の帰りを待ってる間、何だか火照っちゃったの。寝る前に、ちょっとだけ。わたしのことも、愛してくれる？」

「よっし、任せろ！」

徹夜明けの癖に、元気いっぱいお姫様に飛びかかると、広大なベッドの上を二人で転がり、抱き付いてキスをして、放置した分をお返しする。

ポンポン服を投げ捨てて、あっという間に一糸まとわぬ姿になると、気心の知れたもの同士、抱きしめ合っての生挿入。

「あんっ……ふふっ、こんな風にされたら、つまんない嫉妬も、何処か行っちゃう♡」

「そ、そんな表情、反則だろっ」

ユーリにとって、ルナリアは初めての女の子。

それもアニメから出てきたような、飛びきりの美少女である。

そんな娘が、自分の腕の中、下半身でくっつきながら、眉根を寄せて、悩ましげに微笑むのだ。

そりゃまあ、反則であった。

「ルナリア、ルナリアっ！」

「ひゃうっ！　やんっ、激しすぎっ……♪　初めてのときみたいっ」

「だから、そういうのズルいってば！」

ハニートラップに嵌められた、でも夢みたいな初体験。

その甘ったるい思い出が、今の快楽を増幅する。徹夜明けとは思えない活力で、ユーリはパンパン音をたてピストンを繰り返す。

離れた場所に腰掛けたレザが、男女がぬちょぬちょする結合音を聞き取れるくらい、激しくて元気いっぱいなセックスだった。

「はぁ……ホントに、元気なんだから、もう」

澄ました顔で、元気な二人の営みを見ていたレザだが。

果たして自分でも気付いているのか、その顔は切なく悩ましく。頬は赤く染まっているし、眦は垂れて瞳は潤んで、もう表情に期待が満ち溢れていた。

「あうっ、イクっ、出すよルナリアっ」

「うんっ、わたしの中、いっぱい気持ち良くなって♡」

びゅくびゅくびゅくっ。

高貴なお姫様のおま○こに、考え無しの膣内射精。ベッドに腕を突き、全身を震わせながら、ピストンは停止して。熱くて遺伝子たっぷりのザーメンを、性器から性器へ注ぎ込む。

その様子は、レザの目にもはっきり分かった。

(あ、アレ、大丈夫なのかしら)

散々聞いていていたとは言え、いざ自分の国の王女様が、ユーリとイチャイチャ中出しセックスしてるのを見ると、ちょっと心配になってしまう。

下手をするとこれが、王国の後継者がデキる瞬間かもしれないのだ。心臓に大変良くなかった。

(よし。考えないことにしましょう)

これは私の仕事の範疇外！　だって、そっちは相談されてないし！

そう魔法の言葉で自分を安心させつつ、周囲に散らばった服を集めて、クローゼットに収めていく。ちょっと不敬かもしれないが、手間のかかる姉弟を世話しているようで、楽しかった。

「ほら、二人とも、ちゃんと布団を被って。風邪引いちゃうわよ？」

抱き合って横たわる二人に、布団を掛けようとしたところで。

がしり。

「俺、レザさんを仲間はずれにするの、良くないと思うな！」

「きゃっ！　ちょ、ちょっと坊や、そんな、強引なの……！　ダメよ、あんっ♡」

他人事だと思っていたら、ユーリにガッシリ腕を掴まれ、ベッドの中に引き込まれる。結局、ユーリはレザのことも美味しく頂いて、二人を抱いて眠りに落ちた。

ちなみに、夕方過ぎに起き出した三人は。

「もう、こんな時間に起きるなんて、健康に良くありませんよっ！　めっ、です！」

通りがかりの聖女様に見咎められ、ごもっともな大目玉を貰うことになる。お姫様に相談役に勇者が、並んで叱られている姿は、とてもシュールであった。

§

元々、離宮の風紀は大変に緩かった。

一番上位にあたるユーリがあんなだし、ルナリア王女はその辺に厳しいタイプではない。

お伽衆のリーダーであるヴェラは、公爵令嬢として立派に教育された淑女であるが、勇者を落とすためなら手段を選ばない。

メイド筆頭のクレアはユーリが良いと言えば全て良しという、いろいろと危うい忠誠心の持ち主。

聖女ベアトリスは、清らかで疑いを知らぬ心をお持ちだが、残念ながら育った場所がミュトラス女神の神殿である。そのゆるさに比類は無かった。

……そんなわけで、離宮の風紀は、元娼婦のレザに託されてしまったのである。

そして彼女は今、非常に厳しい状況に陥っていた。

「ね、ねえ、聖女様……そのドレス、ちょっと露出が激しすぎないかしら？」

「そ、そうでしょうか……？　申し訳ありません、レザ様。わたくし、ずっと神殿にいたもので、こういうドレスを着るのは初めてなのです」

そんな聖女が、初めて袖を通すドレス。

ホルスタインかっと叫びたくなる、たわわなお胸のお陰で、特注品である。両肩からかかる吊り紐が、なんだか必死になっておっぱいを支えているよう。

そして胸の谷間には、大変深い切れ込みが入っている。どうやらデザイナーは、聖女の乳圧に耐える生地は無いと思ったらしい。

下の方も同様に、とても深いスリットが入っていて、むちむちの太ももがチラチラ見える。花嫁衣装を思わせる純白の、レースに縁取られたデザインなのに。

結果は有り体に言って、歩くポルノ。

レザは頭を抱えていた。実のところ、元娼婦の彼女は、もっと際どいドレスも着る。しかし、着る人が着ると、ドレスというのはこんなにもエロくなってしまうのか。

困った発見であった。

横で着付けを見学していたヴェラは、とぼけたようにあらぬ方向を見て、

「聖女様の御髪と、白のドレスがよく似合ってますわ！　た、確かに肌色が多いように見えま

すけれど……ええ、この離宮の中を歩くには、動きやすくていいのではないかしら！」

　と、あからさまな逃げを打ち。

「ま、街に出るときは法衣を着るんですから、問題ないと思います！」

　レジーナはそう上手いこと問題を逸らすのだった。

「……まあ、今回は仕方ないかしら。聖女様、くれぐれも外出の時は、もっと露出を控えてね。はっきり言うけれど、殿方には、とっても目に毒だわ」

「と、ということは、勇者様の邪淫を刺激してしまうかもしれないと……！　わ、わたくし、全力で頑張ります！　任せてくださいっ！」

「う、うん、あまり無理をしない程度にね……ねえ、ヴェラ様にレジーナさん。これ、私が言うのはとっってでも筋違いだと思うんだけれど、離宮の風紀は大丈夫かしら？」

　二人はそっと目を逸らした。もちろん、大丈夫なわけが無い。

§

「ああんっ、勇者様っ！　そんな、いきなり抱き付くなんて、情熱的過ぎますっ……♡」

「べ、ベアトリスが、そんな格好してるから……！」

　案の定、ユーリは聖女のドレス姿に発情していた。

　こんなエロいドレスを着て、『お披露目』と称して部屋に押しかけられ。目の前に、ぷるんぷるんと弾むおっぱいを見せつけられては、もうダメだ。

「なんてデカいんだ、このおっぱい……！」

「んっ、はぁっ、激しいですっ」

部屋の隅に壁ドンして、むんずとおっぱいをわしづかみ。

深い切れ込みから手を滑り込ませ、滑らかな肌に直に触れる。

白いドレスの生地の下、いやらしい指がわきわき動き、柔肉に強くめり込んでいた。

まるでつきたてのお餅のような、絶妙な弾力と柔らかさ。

大きい胸は感度が悪いという都市伝説があるが、聖女様はそんなこともなく。勇者が乳を搾るたび、アンアンと敏感に反応する。

むにむに揉んでいるうちに、体温も上がって、白い肌がピンクに染まっていくので、とてもタイミングが計りやすい。男に抱かれるために最適化されたような、愛されボディである。

「えっちするよ、ベアトリス」

「はいっ♡」

言われるがまま、くるりと後ろを振り返り、壁に手を突きお尻をフリフリ。

純真無垢な女の子なのに、エッチに対しては、離宮で一、二を争うほど積極的だ。

ユーリは喉をカラカラにして、ドレスのスカートを捲り上げ、むっちり大きなヒップを剥き出しにする。

ボリューム満点の桃尻は、白くて丸くて輝くようだ。

尻肉に挟まっているようなパンティを、さっと引き抜き、聖なるおま○こを暴き出す。

明るいピンクの柔穴は、ちょっとの愛撫でトロトロになり、ヒクヒク動いて男が来るのを待機していた。

先走りを垂らしたチンポを、割れ目のあたりでクチュクチュ擦って焦らしてみれば、悩ましいカーブを描く上半身がぷるぷると打ち震える。

「勇者様ぁ……意地悪しないで、早くっ……！」

「ベアトリスっ」

ずぽっ、ぬぷぬぷっ

生々しい感触と共に、肉をかき分け襞をえぐり、一気に奥までペニスを突き埋める。あーっと、感極まったような声が迸って、聖女の体がくたりと脱力した。

「くうっ、もう濡れ濡れで、気持ちいいよ……あれ、ひょっとして、イッちゃった？」

「んくぅ……一瞬、頭が真っ白になってしまって、おかしくなっちゃいましたぁ……」

「え、エロ過ぎっ」

「ひゃんっ、らめぇ、まだ動かないでぇっ……あんっ、あんっ！」

イッたばかりで敏感なおま○こに、パンパン全力ピストンをお見舞いする。

安産ヒップに腰を打ち付け、柔肉を波打たせて、ユーリはもうお猿さんのようにがっついた。

絡み付いてくる肉襞の柔らかさ、締め付ける膣の絶妙な動き。ただでさえ名器間違いなしのヴァギナをお持ちなのに、聖女様ときたら、勇者に合わせて完璧なタイミングで腰を振ってくるのだ。

こんなのどうしたって、相性最高だと確信してしまう。

しかも、それは彼女の方も同じようで。

「ああ、勇者様のお大事が、奥に当たってますっ！　気持ちいい、気持ちいいよぉ、この形、大好きっ♡」

そんな風に褒められて、嬉しくない男はいない。

ユーリは前屈みになって、ダイナミックに揺れるおっぱいを掴み取り、腰をぐりぐり。おっぱいを揉みながら、ねじ込むように腰を動かし、えっちな穴を掻き回した。

女の子が赤ちゃんを作る穴は、もうオスから子種をもらおうと、情熱的にうねうね動いて。

ユーリは腰をねじ込みながら、あっけなく達してしまう。

「ああ、くうっ、搾られるっ……！」

「あはっ、どぴゅどぴゅ、いっぱい……ふふっ、元気な赤ちゃん、作りましょうねっ♪」

どんどんドツボに嵌まっていく勇者であるが、いかんせん凄い名器。不屈の闘志を奮い立たせても、チンポを引き抜くこと適わず、つい二回戦に入ってしまう。

「はぁっ♪　ドレスって、殿方をこんなに興奮させるものなんですねっ！　勉強になりました……」

「うん、それ、ベアトリスが着たときだけからね。普通は、そう……」

過去を思い出し、ユーリはそっと心のタブを閉じた。考えてみたら、ドレスを着た女の子を、

見境無く頂いたことも、凄くあった。

だって露出度高いし、おっぱいの谷間見えちゃうし。仕方ないよね、と凄く都合のいい自己弁護をして、再び腰を振り始める。

その後しばらく、お嬢様方の間で露出の激しいドレスが流行し始め。

レザはとても、頭を抱えることになる。

§

「ふふっ、そんなことがあったのね」

「……笑い事じゃないわ、王女様……私が風紀を気にしてることが、そもそも、大問題だと思うの……」

「でも、面白いじゃない？　あなたが風紀を気にして、聖女様が風紀を乱すなんて。この離宮は、とても楽しい場所になったわ」

午後のティータイム。レザの陳情を聞いて、それはもう、悪戯に成功した子供のように笑うルナリア。

その表情は、打算を張り巡らせる王族の顔では無く、年相応の素顔を覗かせていた。

後ろに控えていたクレアも、はっと驚いた顔をする。

「殿下……とても嬉しそうなお顔をしていますよ」

「そう？　貴方がそう言うなら、そうなんでしょうね……私、皆でユーリ様を捕まえるのが、こんなに楽しいとは思わなかったの」

クスクスと、確信犯の笑みを浮かべるルナリアを前にして、レザは顔を覆うしかなかった。

離宮の風紀はゆるゆるだし、救世の英雄一行はバイトしてるし、問題いっぱいなのだが。

「本当に、仕方ないんだから」

そう呟く彼女の口元にも、微かな笑みが浮かんでいた。ここは確かに、楽しい場所だと、認めるように。

《つづく》

特別収録　幽霊屋敷の除霊依頼

冒険者ギルド始まって依頼の問題児。

とにかくミスのスケールがデカい冒険者パーティー。

ギルド長の鬼説教も効いていない、真の勇者。

Eランク冒険者パーティー・トラブルメーカーズの評判はこの通りで、ギルドとしても、どんな依頼を振ったらいいか考えてしまう連中だった。

そんな彼らに振られた依頼が——

「「「幽霊屋敷？」」」

「はい。解体予定のお屋敷なんですが、業者さんが赴いたところ、その——『出た』そうで」

受付嬢のソニアは、ほとほと困り果てた様子だった。

記録をめくり、今までの経過を溜息交じりに読み上げる。

「最初の調査に行ったパーティーは、ズバリ『幽霊が出た！』と逃げています。次のパーティーが言うには、鎧が動いたり、ものが飛ぶなど、危険な目に遭ったと。最後にベテランの冒険者を送り込みましたが、『恐ろしいものを見た』と震えるばかりで……でも、皆さんなら、って」

ソニアには二重の信頼があった。

このパーティーなら、どうにか解決できるだろう、という信頼と。そもそも、幽霊に肝を潰すようなタマではない、という信頼だ。

少々雑な信頼と共に、依頼票を渡す。

しかし意外にも、エレミア以外の三人は非常にイヤそうな顔をした。ソニアは密かに、この人達でも幽霊って怖いんだ、と思ったが――

「余は気が進まぬな。無力な幽霊にエレミアをぶつけるなど、魔の道に反するというか……」

「そうじゃのう。幽霊だって生きて……はおらんが。せめて、除霊相手を選ぶ権利はあると思うのじゃ」

「これはちょっとレギュレーション違反じゃね？　こういうの、可哀想な女の子の幽霊とか出てくるもんじゃん。そこにエレミアとかさぁ……」

突如始まる、ネクロマンサーへの全力ディス。

言われた当人は血管をピキらせて、

「へええ。いい度胸じゃない。三人まとめて、表に出る？」

「「「めっそうも」」」

このようにチンピラムーブをかましている。

日頃の行いというのは、こういう所に現れるのだ。

「一応、お伝えしておきますけど。最後の冒険者さんは、除霊依頼をクリアした経験があります。その方がこう言うんです――『今までで一番怖いものを見た』と」

「はん。誰が犯人か知らないけど、私をビビらせようなんて、いい度胸してるじゃないの」

ネクロマンサーにして脳筋武闘派のエレミアは、もう除霊（物理）をする気満々である。

こうして、トラブルメーカーズによる幽霊退治がスタートするのだった。

§

王都郊外。

周囲に目立った建物もない、寂れた地域に、ポツンと屋敷が建っている。

なんでも、かつては王立学園の宿舎だったとか。

しかし今となっては住人もなく、荒れるがままとなっており。いざ解体が決まったところで、この幽霊騒ぎが始まったのだ。

「きっと非業の死を遂げた、女の子の幽霊とかだな……うん。これもお約束だろ！」

「嘘でしょヤリチ〇!?　貴方、幽霊まで守備範囲なわけ!?」

「信じられぬ。種馬勇者よ、流石に幽霊と子供は作れぬぞ……」

「何ということじゃ……わしらは恐ろしい怪物を育ててしまったのか……」

「そーゆーのじゃねーよ！　女の子の幽霊が彷徨ってるとか、よくある話なの！」

全力で潔白を主張するユーリだが、仲間達の視線は冷たかった。

「別に幽霊なんて、男でも爺でもいいでしょ。なんで女子限定なのよ」

「え」

「うむ。非業の死を遂げたなら、むしろ屋敷の当主であるとか、そういう話の方がありそうだが――」

「だいいち、魔法の素養がないなら、悪質な亡霊にもならないんじゃないかのう。エルダーリッチだって、ほれ、魔力があるからああなるわけで」

せっかくの異世界なのに、夢も希望もないファンタジートークが始まってしまった。

ユーリは心の中で涙を流す。

いるもん。女の子の幽霊、きっといるもん……！

「と・に・か・く！　まずは中に入ってみようぜ！　みんな、除霊の準備は……」

「もちろん出来ておる。この通りよ。風の噂で聞いたぞ、酒には霊を祓う効果があると……！」

魔王ルキウスは、懐からササッとワインのボトルを取り出した。熟練の剣士がレイピアを抜く如き早業であった。

「わしはツマミを持ってきたのじゃ。ほれこの通り。古来より、酒宴は霊を祓うと聞く……！」

竜王アガメムノンは、脚の爪に袋を引っかけ、大量のツマミを持参していた。

チーズに干し肉に海産物と、王道を揃えている。

「私はこの通り、虫取り網を持ってきたわ。これでじゃんじゃん、部下をゲットするわよ！」

不死女王のエレミアは、どうも幽霊と昆虫の区別が付いていないっぽい。

勇者ユーリは「こいつらバチが当たればいいんじゃないかな」と思ってしまった。

「……コホン。じゃあ開けるぞー……」

どうにか気持ちを切り替えて、屋敷の扉を押し開ける。

ギギギギ、と錆び付いた扉が開く音。

舞い上がる埃。湿った匂い。流れてくる冷気。

あまりにもお約束なスタートに、下がり気味だったユーリのテンションは爆上がりだ。

これぞまさに、幽霊屋敷――！

「ほれ見ろ、お約束じゃん！　絶対何かいるって！」

「そりゃ、何かはいるでしょう。ま、これから追い出されるんだけどね」

ポキポキ指を鳴らしながら、ドスドスと屋敷に上がる不死女王。

幽霊退治というより、地上げとかカチコミとかいう単語が浮かんでくる。

「オオオオ……」

「！」

早速、ぼんやりした影が彼らの前を通り過ぎていった。

いきなり幽霊きた！　と喜ぶユーリだったが、

「こら、逃げるんじゃないわよ！　私の下で働かせてやるわ！」

「オオオ!?」

エレミアが風情ゼロ、むしろマイナスな雄叫びを上げて後を追いかけるので、雰囲気台無しだった。

残り二名も、あちゃーという顔で、

「ほれ見たことか。エレミアに幽霊退治など、そもそもが、人道にもとる依頼だったのだ」

「そうじゃのう。あれでは幽霊さんが可哀想じゃ。裏口から避難できるといいんじゃが……」

こうしてトラブルメーカーズと幽霊屋敷の、全てが間違ったバトルがスタートしたのである。

§

「ぬう、割れ物を飛ばすとは卑怯だぞ！　余達に器物損壊の責任を取らせる気か……！」

続いて発生したのは、ポルターガイスト現象。

飛んできた皿や家具を、華麗にキャッチする魔王の手腕が光る。

「怪奇現象じゃし、幽霊のせいにしてはダメなのかのう」

「確かにそうね。私達のせいじゃないわ！」

「いやいやいや。気にするところが違うじゃん！　せっかくの怪奇現象なのに！」

とか言いつつ、自分も皿をキャッチしてしまうユーリ。

そのまま先を進むと、鎧の並ぶ、開けたホールに出た。

これはひょっとして、と期待すると――

「うおっ！　すげえ、鎧が動き出した……！」

「せいやっ！」

「あ」

ホラーの定番お約束、動く鎧に感動したユーリであったが。

次の瞬間、エレミアのチンピラパンチが鎧をバラバラにするのを見て、あちゃーと天を見上げた。

「あーあ、やってしまったな。エレミアよ、器物損壊はペナルティを食らうのだぞ。勝手に倒れてバラバラになったとか、だいぶ厳しい言い訳であろう」

「ちっちっち。貴方も知識が足りないわね。私、最近知ったのよ。向こうから殴りかかってきたら、ぶっ飛ばしてもノーカン。何故なら、『正当防衛』だから……！」

「「せいとうぼうえい」」

「この鎧、私に攻撃しようとしてたでしょ？　してたわよね？　つまり、ぶん殴ってバラバラにしても正当防衛。ノーカンってわけ」

動き出しただけの鎧をぶっ飛ばすことに、どこまでの正当性があるかは不明である。

ユーリは密かに思ってしまった。

いっそ、屋敷の解体依頼を受けちゃえば良かったのかも、と――！

§

屋敷探検を続行した四人であるが、どこへ行ってもこの調子で、ホラーをホラーとして認識しない。

ポルターガイストもラップ音も盛大に続いているのだが、「やっぱ古い屋敷はミシミシ言うわね」などと、場違い極まる感想を放っていた。

しかし肝心の幽霊を捕まえることもできず、諦めてやって来たのは、屋敷の宿泊部屋。

いう。

依頼失敗したベテラン冒険者は、ここで寝ずの番をしていたところ、恐ろしいものを見たと
実際、部屋に足入れると、すぐに異変の気配があり――

「ぬっ。この部屋、ひどく寒いな。冷気が漂ってきたぞ」

「そうね。アガメムノン、ちょっとブレスで温めてよ」

「仕方ないのう」

寝泊まりする部屋が超寒いので、ブレスを吐くアガメムノン。

せっかくの心霊現象も、竜王のブレスの前には無力であった。

「お、暖まってきたぞ。さっすが」

「まあ、竜族は寒いの平気なんじゃけどね」

「え、そうなん？」

「うむ。ほれ、わしらよく、クラーケンを食べに海に潜るじゃろ？　海の底は寒いんじゃが、

それを我慢して頬張るクラーケンの脚が、これまた絶品でのう」

「ごくっ」

「あとあれじゃ。それはもう超寒くて、海が凍るほどの湾があるんじゃがの。そこで育つ、巨大ガニが絶品なんじゃよ、また。わしが思うに、寒い地域には美味い魚介を育む何かがあるのじゃ……」

竜王の叡智に、トラブルメーカーズの三人は感心するばかり。

心霊現象すら酒のツマミにする、救いがたい者たちが、ここに揃っていた。

「しかし、ちょっと懐かしいなあ。真夏にエアコンの利いた部屋に入ったみたいで」

「えあこん？　何だそれは？」

「俺の故郷の、うーん。魔道具みたいなもんかな。部屋の温度を下げてくれるんだよ、ちょうどこんな感じに」

「すると何か。真夏に部屋の温度を下げ、ホットワインを嗜むことも出来る、と……」

「閃いたわよ！　この冷気は商売になるわ！　ちょっとそこの亡霊、こっち出てきなさい！私の部下にしてやるから、心霊ビジネスで一山当てるのよ！」

奮起したエレミアが、虫取り網片手に霊を呼ぶ。

地上に恨みを残し、漂っているであろう亡霊に叫ぶのだ。

自分のために働け！　人力ならぬ、霊力エアコンとして力を貸せ！　と。

「あ、冷気が止まった」

「ちょっと！　逃げたわね！」

勝手にキレるエレミア。

そりゃ亡霊も逃げるわ、というチンピラっぷりであった。

§

トラブルメーカーズによる「寝ずの番」は長々と続いた。

四者四様のバカ話。

絶叫が響く賭けトランプ。

次々と酒瓶が開けられ、騒音が続く中、対抗するようにラップ音が続く。

それは心霊現象と言うより、迷惑隣人への壁ドンみたいな体を取りつつあった。さっさと出て行ってくれという、幽霊の悲痛な願いが篭もっているよう。

だが、流石の四人も、肝臓には限界がある。

酔い潰れた仲間達が次々に寝始める中、ユーリはひとり、トイレに立っていた。

「ふわあああ……俺、ちょっとトイレ……」

軋む床板を踏みながら、明かり代わりに魔法を照らし。

ようやく訪れた静けさの中、トイレで用を足して、部屋に戻ろうとすると――

「ん？」

廊下には霧が立ちこめていて、行きとは明らかに違う雰囲気になっている。

ようやく幽霊が本気を出してきたのだ。

今や、心霊現象を茶化すギャラリーもいない。ユーリはゴクリと唾を呑むと、鬼が出るか蛇が出るか。

霧に向かって目を凝らすと、そこには二人の人影が――

「お。やっとお出ましか――って、ええええ！！？」

遂に本丸の登場だと意気込むユーリ。

そこに現れたのは、よく見知った人物がふたり。離宮で一緒に暮らしている、ルナリア王女とメイドのクレアだった。

だが一部だけ変化したその姿に、彼の頭はパニック状態となる。

そんなバカな。

こんなこと、あってはいけない。あるはずがない。

かつて感じたことのない恐怖と焦燥が、勇者の脳裏を駆け巡る――！

『えへへ。愛の結晶、デキちゃったみたい……♡』

『頑張って育てますね、勇者様』

「ほあ」

ぽっこり膨らんだ二人のお腹。

脳裏を駆け巡るのは今までの所業。やることはしっかりやっていた。生で中出し、気持ちよかった。

その結果が、ここに結実したのだ。頭ではわかっていても、しかし——

「は、早過ぎるってばぁ！　え、何で!?」

『わからないけど、ユーリ様の魔力が強いからじゃない？』

『ふふふ。先日からすくすく育っているみたいで……嬉しいです、勇者様』

『そう言うわけなの。だから——』

『責任、取ってね♡』『責任、取って下さいね』

「うわあああああああああああ！」

ユーリは絶叫した。

人生でもっとも恐ろしいモノが襲ってくる。男の責任、人生設計、結婚式——！

大慌てで廊下を駆け抜け、仲間達の寝る部屋に到着。

何だ何だと起き出した面々に、血相を変えて叫びだした。

「大変だ、大変なことになっちゃった！　どうしよう、俺、俺……！」

「騒がしいぞ、何があったのだ！　らしくもない、手が震えているぞ」

「まさかヤリチ○、本当に幽霊が怖いわけ？　貴方、邪神相手にゲラってなかった？」

「うむ。ぶっちゃけ、悪霊とかエルダーリッチより、邪神の方が強いと思うんじゃがのう……」

腐っても邪神討伐パーティーだ。

心霊現象なぞ、エルダーリッチの劣化版くらいにしか考えていなかった。

だがユーリは顔面蒼白、廊下で見た「恐ろしいもの」を思い出す。

「そうじゃないんだよ！　みんな、廊下にとんでもないものが……！」

どれどれ、と部屋を出る仲間達。

すると廊下には、ユーリが『最も恐れるもの』が立っていた。

『あっ、今お腹を蹴ったよ、ユーリ様♡　一緒に名前、考えようね。そうだ、教育はどうしよっか？』

『この子のために、今から貯金を始めないと……』

『お父様にも挨拶しないとね』

ボテ腹で将来の予定を語り出す女の子たちの幻影。

ユーリはダラダラ、滝のような汗を流し出す。

それを仲間達が、白い目で見ていた。

「へー。ヤリチ〇、あれが貴方の『怖いもの』なわけ？」

「あれは正夢であろう。もはや確定した将来だぞ。むしろ何を驚いているのだ」

「正論パンチ止めろよぅ！　お、俺だってまだ心の準備が……！　くそう、卑劣な幽霊め！人の弱みにつけ込みやがって！」

「これは、逆恨みというヤツではないかのう」

きっと、この霧が人の「恐怖」を具現化しているのだ。

それに気付いたユーリは、キッと廊下の奥を睨み付ける。

相手も種が割れたと気付いたのだろう。霧が消えてゆき、幻影も霧散した廊下の奥から。

コツコツと足音を響かせ、ローブを着た人物が近付いてくる。

「……あれ？」

そこでユーリは違和感を覚えた。

幽霊って足音を立てたっけ？

「な、ななな、なんなのキミ！　怖いものが、デキちゃった女の子だなんて……破廉恥！　スケベ！　無責任ヤリチ○男！」

「うぐうううっ！」

突然の説教ナイフがユーリの心を突き刺す。

悶える勇者をスルーして、エレミアが「あー！」と叫んだ。

「貴方、生きてるじゃないの！　幽霊はどこ行ったのよ！」

そう。

現れたのは、普通に生きている人間で。

しかも眼鏡をかけた、年若い女子であった。

「いかん！　エレミアよ、警戒を緩めるな！」

「そうじゃ！　まさかこんな事態が起きようとは……！」

その事実にシリアス顔で前に出るルキウスとアガメムノン。

二人が警戒しているのは、

「まさか生きた婦女子が出てくるとは、ヤリチ〇の山勘、何と恐ろしいのだ……！」

「きっと『ふらぐ』とやらを立てて、事に及ぼうとしているのじゃ。わしらで食い止めなくては……！」

謎の少女よりヤリチ〇勇者のほうであった。

仲間からの篤い信頼に、ユーリは崩れ落ちそうであった。

§

「ま、取って食おうってわけじゃないし。ちょっと話を聞かせなさいよ」

「うん……」

ヤリチ〇男への怒りが収まったのか、マトモにやり合って勝てる相手でないと悟ったか。

ローブの女子はエレミアに連れられて、酒盛り会場の隅っこにちょこんと座った。

年頃は二十そこそこ。

丸眼鏡に黒い髪、オドオドとして『陰』のオーラを振りまいている。

「私、シャーリーって言うの。魔法学院を卒業して、就職先を探してたんだけど、どこも雇ってくれなくて……」

「ううっ！」

あまりにも生々しい話に、再びユーリが悶絶する。

この少女、どうも勇者の弱点を突く才能はありそうだ。

「日雇いで食いつないでたんだけど、住むところがなくて。そしたら先輩から、良いところがあるよ、って……」

「あー、なんかそんな話あったたっけ。ここ、王立学園の宿舎だったんだよな、確か」

使われなくなったとは言え、今でも王立学園の所有地だという。

それが目ざとい学生に利用されるとは、まあ、ありそうな話だった。

「ふーん。それで、ここに住み着いたってわけね？」

「う、うん……ここ、誰も住んでないし、静かで気に入ってたんだけど……いきなり、取り壊すって言うから……」

それで住居を死守すべく、心霊現象を装って邪魔をした、と言うことらしい。

「私、見ての通り陰キャだし……得意なのも闇魔法で、人を恐がらせるくらいしか出来ないから……」

「そう自嘲することもないと思うがのう。ほれ、種馬男に現実を見せつけるという、立派な用途があったし」

「ぐううう……！　アガメムノン、俺の弱点をザクザク突くなよう……！」

ユーリはまだ悶えていた。

ボテ腹になった二人の姿が、あまりにも生々しかったようだ。

「自業自得でしょ。そうだ、あの冷気を使って商売するのはどう？　お店を冷やすとか、夏には便利そうじゃない」

「そんなの、氷魔法の使い手がやった方が断然早いよ。あっちは直接氷が作れるんだし」

「う。言われてみればその通りね……アンデッドビジネスへの道は遠いわね……」

気付けば闇魔法でどうやって食っていくか？　という話になっている。

元大学生としては居たたまれない気分のユーリだった。

日本でのモラトリアム生活は素晴らしかったが、それでもなお。就活の魔の手は、ひしひしと迫っていたのだ。

「ん？　待てよ。幽霊屋敷を、そのまんま商売にすればいいんじゃ……？」

「「「「へ？」」」」

ユーリがポツリと漏らした言葉に、その場の全員がポカンとする。

「俺の故郷では、よくあるアトラクションだったんだよ。お化け屋敷って言ってさ、ちょうどこの屋敷みたいに、人を脅かす仕掛けがあるの。これが結構、人気があってさ――」

§

一週間後。

王都に新しくオープンした施設、「お化け屋敷」は、早速活況を呈していた。

「え、あれれ？」

あまりにもスムーズな展開に、むしろシャーリーがビックリしている。

そもそも、ギルドに出頭した時点で大目玉だったのだ。

衛兵が出てきてもおかしくない案件であったが――

「お化け屋敷かあ。面白そうだね」

という、王国の上層部の――というか実質トップのお言葉があり、全ては有耶無耶に。

なし崩し的に「お化け屋敷」の試験運用が確定し、気付いたら管理者に任命されたシャーリーは、目を白黒させつつも、準備に邁進。

晴れてオープンした施設は、案の定ではあるが、

「何だか、カップル利用の多い施設じゃのう」

「ヤリチ○菌が伝染ったに違いないわ！　くっ、あの時私達が、もっとしっかりしていたら、こんなことには……！」

「冗談はともかく、不思議ではあるな。どうして男女で入ろうとするのだ？」

カップルデートで大賑わいなのだった。

ユーリは死んだ魚の目でそれを見つめ、

「俺の故郷でもこうだったよう……お化け屋敷でさ、男女がデートしてムードを盛り上げるわけ。俺みたいな非モテには、ずっと縁がなかったけど……」

ふつふつと湧いてくる、前世の哀しみ。

男友達と行ったお化け屋敷で、何度もすれ違うリア充カップル。

本当の恐怖は、「これからラブホに行ってきます♪」というムード丸出しのお前らだ！　と、何度叫びたかったことか。

「縁はなかったが種付けはすると。流石はヤリチ○卿、言うことが違うな」

「俺だって、こんなことになるとは思わなかったよう！　何なら、貸し切りツアーをしたいって話も出てて……！」

「え？　手を出した女を、みんな引き連れて来るつもり？　シャーリーがマジギレするわよ、それ」

お化け屋敷に、妙齢の女子を数十人引き連れてくるお客。

控え目に言ってクソである。

「うん、そうだよな……それでもし、あの霧を出されたら、俺は、俺は……！」

既に手を出した人数は二桁を突破しているヤリチン勇者。

みんながみんな、ボテ腹になった姿を見せつけられると思うと、今から恐怖で背筋が凍る。

「まあ、これもいい薬なのじゃ。種馬勇者も、少しは自重を学んだじゃろう」

「うむ。あそこまでハッキリと現実を突き付けられたら、少しは学習を……ん？」

「ちょっとヤリチ○。目が泳いでるけど」

「……よし。そろそろ、次の依頼を受けに行こうぜ！」

ユーリは遠い目をして、話を誤魔化そうとした。

依頼を終えて帰った日。あの後、おそろしい事態が待ち受けていたのである——

§

「ふー。真夜中になっちゃったなー」

夜も更けた勇者離宮。

そろりそろりと侵入し、自室に戻ったユーリは、改めて寝直そうと思っていた。

女の子達もみんな、寝静まっているはず。

たまには独り寝をして、人生について考え直すのだ。

そう、確定された未来を少しでも引き延ばすため、何か出来ることはないか。外出しにトライするとか。

そんな最低みたいなことを考えつつ、ベッドに入ると——

「ううん……」

誰もいないはずの部屋に、女の子の呻き声が聞こえてきた！

すわ、本物の心霊現象か!?　と焦るユーリだが、何だかベッドが温かい。

すぐ近くに、生身の女子の体温と、フェロモンを含んだいい匂いがする。

ユーリは震える手で、魔石灯の明かりを付けた。

「あれ？　あ、ユーリ様。やっと帰ってきたんだね？　もう、驚かそうと思ってたのに、寝入っちゃった……」

「る、ルナリア!?」

「どうしたの？　まるで、お化けでも見たみたいな顔してるよ？」

つい先ほど、お化けより怖いものを見ました。

などと言うわけにもいかず、カチコチにフリーズしていると。ルナリアが体勢を変え、ちょうど布団の中で向き合う格好になる。

「イタズラ成功かな？　ふふっ、ユーリ様でも、お化けって怖いんだ？」

「ま、まあ、ちょっと怖いかも……？　む、むほっ！」

微笑みながら布団をめくって見せる。その下には、何と、一糸まとわぬお姿が。

白くまろやかな乳房も、モデル顔負けのくびれた腰も、全てが明かりに照らされている――！

ユーリはゴクリと喉を鳴らし、ギラつく瞳で全裸のプリンセスをガン見した。

「ほら、こっち来て？　一緒に寝よ、ユーリ様♡」

「る、ルナリアっ！」

「ああんっ♡　夜遅いのに、まだまだ元気だねっ♪」

欲望に負け、お姫様に襲いかかってしまうユーリ。

股ぐらの息子は性懲りもなくギンギンに膨らみ、全裸の美少女に対して、種付け態勢が完了済みだ。

布団を剥ぎ取り、裸の王女様に覆いかぶさると、開いたお股の間に腰を下ろす。

ペニスの尖端を割れ目に当てれば、くちゅ、くちゅっと生々しい触感が。

いざ挿入、というタイミングで、脳裏に浮かぶのはあの光景。

『えへへ。愛の結晶、デキちゃったみたい……♡』

このまま先に進んでしまっていいのか。

人生というタイタニック号が、今まさに、デカい氷山目がけて突っ込んでるのではないか。

珍しく理性が働いた勇者だったが、

「あん、意地悪しないで。私は大丈夫だから、早くぅ……」

「おうふっ」

甘ったるい声に誘われて、ついつい下半身が前進してしまう。

ぬぷ、ぬぷ、ずぷりと入り込むのは。うら若い姫君の、やんごとない柔穴で。

きっと世界で、一番気持ちのいいところだ。

「はううう……」

気の抜けた声を出して、ユーリは思った。これ、脱出とか無理だ、と。

「あんっ、ああんっ♡　ユーリ様、お腹にコツコツ当たって、気持ちいいよ♪」

「お、俺も、気持ちいい……！　うう、こんなの、気持ちよすぎてダメになっちゃう……！」

ずちゅ、ぬちゅっと音を立て、陰茎を出し入れするヤリチ○勇者。

既に我慢汁があふれ出し、乙女の膣内に塗り込められている。

生ハメした時点で、もう色々と手遅れ気味だが、それでも彼は歯を食いしばり、理性を保とうと努力した。

さりげなくお腹に手を伸ばし、撫でさすって様子を探る。今のところ、ポッコリはしていない。

「ひゃうんっ、くすぐったい♡」

まだ大丈夫。ここから入れる保険もあるはず……！

「おほっ」

お腹が弱いのか、ビクビクと可愛く跳ねる王女様。

高貴なヴァギナも絶妙な仕方で震えると、いきり立ったモノに絡み付く。

ざわめく秘肉が、竿に吸い付き、根元から奥に向けて、種子をねだるように蠢いた。

ユーリはたまらず、パンパンとストロークを早めてしまう。

「ルナリア、ルナリアぁっ！　うう、こんなの絶対マズいのに、マズいのにぃ……！」

「ダメなことなんて、何にもないよ？　ほら、いっぱい気持ちよくなろうね、ユーリ様っ♡」

「あ、やべ、出る、出るぅ……！」

ここぞというタイミングで絡み付いてくる、女の子のほっそりした脚。

男の腰に縋り付いて、きゅっと力をかけてくる。もはや勇者に退路はなく、前進あるのみ。

根元までずっぽり性器を埋め込むと、先っちょが子宮口にコツンと当たり。

一番ダメなところで、ドクンドクンと射精が始まってしまった。

「あはっ、熱いのがいっぱい♡　元気な赤ちゃん作ろうね♡」

「うう、こんなの、気持ちよすぎて止められない……！」

結果が分かっていても、対抗できないのがハニートラップ。

盛大に中出しを決めながら、ユーリは悟った。これ、絶対逃げられないヤツだと。

《特別収録　幽霊屋敷の除霊依頼／了》

あとがき

初めましての方は初めまして。お久しぶりの方はお久しぶりとなります。えろ小説を書いております、けてるです。

さて、突然ですが皆様、異世界モノはお好きでしょうか。私は大好きです。

それはもう、一頃は浴びるように読んでおり、テキストの海にどっぷり浸かっておりました。

異世界モノの魅力というのは、良い意味でご都合主義で、「こうだったらいいな」という想像を前面に押し出した点にあると思います。

チート主人公が、王女様に出会って恋仲になったり。可愛いメイドさんと乳繰り合ったり。聖女様に惚れられたり、貴族令嬢と付き合ったり、娼婦のお姉さんと深い関係になったりと。

およそ男の子の抱く妄想を、惜しみなく具現化し差し出すフルコースメニュー。

そんな異世界作品、自分でも書いてみたいなあと思いつつ。ちょこちょこと小話を書いたり、設定を作ったりしては、ものにならずにお蔵入りさせておりました。

しかしあるとき、ドライブ中に冒頭シーンを思いつき。仕舞っていたメモを引っ張り出したり、新しく付け加えたりして、書き上げたのが本作になります。

元からあった、「エッチな展開が盛りだくさんの異世界モノを読んでみたい！」という強い気持ちは、本作を書き上げる上で強いモチベーションになりました。

こうして、ノクターンノベルズにて連載を開始した本作ですが、同好の士が沢山いらっしゃったようで。

多くの人に読んで頂き、ご縁と機会に恵まれまして、オルギスノベルで書籍化を果たしました。

その後、コミックヴァンプにてコミカライズをして頂き、現在3巻まで発売中です！

こちらは宮社惣恭先生による、楽しくエッチで、しかも大変丁寧なコミカライズとなっております。小説版と合わせて、是非どうぞ！

そして今回、更なるご縁を頂いて、小説版をブレイブ文庫より再刊行して頂きました。

これも読者の皆様が応援して下さるおかげです。本作を読んで、少しでも楽しい時間を過ごして頂けたら幸いです。

オルギスノベル版より引き続きイラストをご担当頂きました氷室しゅんすけ先生、コミカライズをご担当頂きました宮社惣恭先生には感謝することしきりです。

氷室先生には今回、本当に素敵な表紙を描き下ろして頂きました。お姫様とメイドさんが乳合わせ、まさにファンタジーな光景ですね……！

そして担当編集様には、今回の文庫版にあたり多大な尽力を頂き、深く感謝しております。関わる方に恵まれた作品となり、作者としても頑張らねばと思う日々です。

2巻の刊行も予定しておりますので、今後もお楽しみ頂ければ幸いです！

けてる

唯一無二の最強テイマー
～国の全てのギルドで門前払いされたから、他国に行ってスローライフします～
原作：赤金武蔵　漫画：田村紘一
キャラクター原案：LLLthika
異世界還りのおっさんは終末世界で無双する
原作：羽々音色　漫画：ダンタガワ
ジャガイモ農家の村娘、剣神と謳われるまで。
原作：有郷　葉　漫画：たぢまよしかづ
キャラクター原案：黒兎ゆう

雷帝と呼ばれた
最強冒険者、
魔術学院に入学して
一切の遠慮なく無双する
原作：五月蒼　漫画：こばしがわ
キャラクター原案：マニャ子
どれだけ努力しても
万年レベル0の俺は
追放された
原作：蓮池タロウ
漫画：そらモチ
モブ高生の俺でも冒険者になれば
リア充になれますか？
原作：百均　漫画：さぎやまれん　キャラクター原案：hai
COMIC
NOVA
ノヴァ
https://www.123hon.com/nova/
話題の作品
続々連載開始!!

転生貴族の異世界冒険録
~カインのやりすぎギルド日記~
原作：夜州　漫画：香本セトラ
キャラクター原案：藻
レベル1の最強賢者
原作：木塚麻弥　漫画：かん奈
キャラクター原案：水季
我輩は猫魔導師である
原作：猫神信仰研究会　漫画：三國大和
キャラクター原案：ハム

捨てられ騎士の
逆転記!
原作：和田 真尚
漫画：絢瀬あとり
キャラクター原案：オウカ
身体を
奪われたわたしと、
魔導師のパパ
原作：池中織奈　漫画：みやのより
キャラクター原案：まろ
バートレット英雄譚
原作：上谷岩清　漫画：三國大和
キャラクター原案：桧野ひなこ
コミックポルカ
COMICPOLCA
話題のコミカライズ作品を続々掲載中!
毎週金曜更新
公式サイト
https://www.123hon.com/polca/
X(Twitter)
https://twitter.com/comic_polca
コミックポルカ
検索

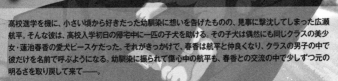

BRAVENOVEL
ブレイブ文庫

はにとらっ！1
～召喚勇者をハメるハニートラップ包囲網～

2024年5月24日　初版発行
2024年7月 4日　再版発行

著　者　　けてる

発行人　　山崎　篤

発行・発売　株式会社一二三書房
〒101-0003 東京都千代田区一ツ橋2-4-3
光文恒産ビル
03-3265-1881

印刷所　　中央精版印刷株式会社

■本書は小説投稿サイト「ノクターンノベルズ」(https://noc.syosetu.com/) に掲載された作品を加筆修正し書籍化したものです。

ISBN978-4-8242-0184-3 C0193